GOBOOKS
& SITAK
GROUP©

NO.03

影子戰爭

人物設定

翁子團

年齡：19歲　身高：167cm

體重：48kg　配件：全罩式安全帽
傳家木刀。

其他：喜歡各種重型機車。

十九歲的冰山美人，被稱為黑騎士。有著一頭烏黑長髮，性格冷漠寡言。喜歡機車。因為父親的黑道背景，在升上高中時開始與一些不良分子來往，一度成為相當凶暴的飆車族頭目。在父親退隱之後關係融冰。高三時開始發展地下事業，並與彥丞成為夥伴。似乎十分在意李彥丞。

具現型影子使者，能力是能實體化機械動力交通工具，從腳踏車到宙行火箭都能做到，但是只能具現出本人所看過並進行能力透析的實物，同時間只能製做出一個實體。具現出的交通工具機能與實物無異，只能由本人駕駛。本人表示不會開飛機所以不具現那種東西。

NO.04

李彥丞

年齡：17歲　**身高**：175cm

體重：68kg　**配件**：麵包

其他：因為經常打架，手掌上偶爾會纏著繃帶。暴力狂，三白眼，外表有些凶狠，但實際上不會隨便欺負人。打鬥時表情會變得極度亢奮。

高三，十七歲。性格勇猛好鬥，有些莽撞，腦中幾乎只有勝負。升上高中後能力覺醒，變得不再對一般人感興趣，在影子使者界一時聲名狼藉，引來覺醒後的黑騎士注意，而後兩人聯手接案處理地下世界的事務。

能量型影子使者，極限力量是可以產生兩只直徑約兩公尺的黑色手臂，能夠將力量以二的倍數乘積分流，但是手臂的力量也會以比例下降，如果以本人的手臂大小呈現，則力量會恰好等同於本人的手臂力量，此時的手臂數量為128。影手的腕力會隨著本人的力量有所變化。

三日月

三日月

影子戰爭

shadow wars

02

墨筆烏司 著
阿特 繪

輕世代
FW02

影子戰爭

shadow wars

ch1.
初次的敗北

收到簡訊之後，李彥丞將手機收進口袋裡，然後背起空空如也的書包走出教室外，他聽見那頑固的國文老師在他身後吼著。

「早退。」

他留下這句話然後朝後揮揮手，頭也不回地在走廊上走著。其他教室裡的人都正專心上著課，有幾個人的視線被他所吸引，發覺是他之後又紛紛轉開。他並不怎麼在乎那些視線或是無視於他的態度，只要別擋在他面前他什麼都不會在意。只要能戰鬥他什麼都不會在意。

這所高中好不容易也念到快畢業了，其實他壓根就不想念這所學校，根本也沒有必要念高中，如果不是翁老硬要他將高中念完，他何必浪費時間在這所學校上面？其實他自己也感到困惑，從翁子圉畢業之後，他就沒有什麼實際的理由上學了。

他想起昨晚的飯局，到現在還有點讓他心驚膽顫，怎麼他就完全沒想過翁子圉會是翁老的女兒？有時候連自己都懷疑自己是個白痴。翁老雖然已經六十多歲，有個十幾歲的女兒也沒什麼好奇怪的不是？

他走出校舍，大搖大擺地離開校門，放學時間將而未屆，校門當然是一如往常地空曠，警衛室的替代役男左手托腮若有似無地瞥了他一眼，然後又裝做沒看見地將注意力轉移到電腦螢幕上頭。

他看見子圉在對街等他，她依然穿著那套看著就讓人覺得悶熱的騎士服，身軀靠在巨大的黑色摩托車上頭，那一頭會令任何女孩子都不禁稱羨的光滑長髮隨性地盤在頭上，眼神冷冽得像是能殺死人。

「老是穿這個樣子，妳就不覺得熱嗎？」

「不覺得。」

他注意到車體旁邊多了個架子，上頭擺著一把黑檀製的木刀，貼合著黑色車身收攏，如果沒近看根本不會發現。黯淡的木紋隱隱透著些許光華，堅韌的刀身上頭沒有留下任何戰鬥的痕跡，但他知道這把木刀曾經痛擊過多少人的腦袋。他沒想到會再次看到這把木刀。

「來真的？」

「事情真的有點超乎預料。昨天從我父親那裡拿到的名片，上頭那人昨晚被一群人襲擊。」

「死了嗎？」

「……差口氣就死了，他們下手也挺狠的，把他整得不成人形，現在躺在醫院裡面苟延殘喘。」

「都作到這種程度了卻沒打算殺人滅口，真是奇怪的傢伙。」

「據說是六、七個嗑了藥的傢伙像瘋子一樣衝進辦公室，一轉眼就把裡面的人都打倒，在半夜狠狠地折騰了他幾個小時，我想就算他現在還能講話也不敢再多說什麼了。」

「嘖，那現在該怎麼辦？」

「你知道我有其他管道。」

少女從口袋裡拿出手機，依然是黑色的，李彥丞完全搞不懂眼前的少女為何就這麼喜歡黑色，全身上下只有那兩片嘴唇還帶著血色。他還真的完全沒看過子圉用過黑色以外的東西，只差沒在所有食物裡面都加入墨汁。他不知道是不是因為影子的影響她才變成這樣，但是其他人也沒有這種症狀，只能歸類成子圉個人的偏好。

子圉對著電話那頭說了幾句話，然後有點不悅地闔起。

「真是……連話都說不清楚，看來還是要親自去一趟才行。」

「這次總算要帶我去了嗎？」

少女用食指抵住下巴，扭頭一想。「這麼說來，我好像都沒有帶你去見過他嘛。」

「妳哪次不是神祕兮兮的。」

「好吧，反正你早晚也要見他的。上車。」

黑騎士加足油門進入市區，然後停在某個街角的便利商店前下車買了一大堆罐裝啤酒和幾包香菸，走出店門之後迴旋塑膠袋將東西甩到彥丞胸前。

「這是幹嘛？」李彥丞接住後問道。

「情報費。」少女跨上摩托車，然後繼續前進。他們在市區繞了大約五分鐘左右，來到人潮較少的舊市區。

舊區失去過去原有的喧鬧繁榮，雖然是交通據點但人們都只是經過幾乎不作停留，路面顛簸老化，建築在頹廢傾倒前容忍著寄宿在老朽身體內的人們最後的利用，承受人類毫不留情的踐踏逐漸失去無機物特有的生命光澤。

騎士將車停在一間連鎖唱片行門口。

少女引著彥丞走到騎樓旁的公寓出入口，將手探進大門的郵筒裡，拉出一條細繩，繩子的末端綁著鑰匙，她將鑰匙插入鎖孔內轉動，大門應聲而開。裡面沒有任何光源而顯得異常陰暗，沒有通往上層的樓梯，只有一道指向地下室的通道隱隱約約出現在走廊末端。扶手欄杆已經因為鏽蝕而變成噁心的顏色，鐵鏽像是末期的皮膚病一樣爬在上面，扶手面則布滿大量的灰塵，完全失去扶手原有的意義。

少女毫無遲疑地向下走，李彥丞只好尾隨其後。旋轉平臺的角落糊著令人生畏的大量蜘蛛絲，還有整堆的菸蒂。

「喂，這種地方真的有人在嗎？」李彥丞抱著大量的冰涼啤酒抱怨。

「少囉唆啦。等你見到他就知道了。」

地下室的走廊尾段，老舊的日光燈閃著薄弱的光，黑色的鐵門像是監獄一般聳立。少女按了旁邊的紅色電鈴，裡頭響起尖銳的電子音。

鐵門的鎖自動跳起，同時發出刺耳的短暫聲響。子園拉開大門，空調的寒氣從房間內流洩而出。比起走廊那無謂的日光燈，地下室內理所當然地更顯陰暗，因為內部沒有隔間，整體看起來十分空曠。直到他們關上門，李彥丞才驚覺這是黑暗所帶來的錯覺，由於黑暗的關係，地下室的牆面彷彿融入黑暗之中，讓人感受不到邊界的存在。

那人窩在沙發上，就著一盞微弱的座燈看書，巨大的矮桌上擺著無數的酒瓶和啤酒罐，空虛的菸盒和插滿菸蒂的菸灰缸擺在一起，筆記型電腦和電話擺在一起，身後的光源只勉強照出一環光暈，然後就被周遭的黑暗吞噬。

他嘴裡叼著香菸，卻沒有吸它，只是讓它在空氣中燒著，煙霧像植物一樣蔓延纏繞在他身邊。他將雙腳縮在沙發上頭，整個人蜷成一團，灰白的頭髮毫無生氣，臉頰消瘦。那人的注意力沒有從書上移開，直到他們走到桌前。李彥丞推開那些喝完的空瓶，將大量的啤酒放在桌上，此時他才發現他們的存在似的，瞥了他們一眼。

「子國小姐，好久不見了。」他的嗓音乾涸，趨前伸手拿了一罐啤酒打開就口，咕嘟咕嘟地一飲而盡。

「我都還沒說話呢。」子國抱怨道。

穿得一身黑的她在李彥丞的眼裡看起來簡直像個飛空人頭，如果不是騎士服稍微反射了光線，一定非常適合在鬼屋嚇人。

「那麼，有什麼事嗎？」那人又拿了酒，簡直像是喝水般一滴不剩。「妳都親自來了，還帶著這麼多禮物，我當然是義不容辭囉。」他的聲音恢復了一點生氣。

翁子國將夾鍊袋摸出來，拿到那人面前晃了晃，然後擲向桌面。

「我想知道是誰在賣這東西。」

「好啊！」那人一把接過夾鍊袋，爽快的態度似乎連子國都有點意外。「條件是，把這包藥給我。對你們來說應該沒什麼損失吧。」

「你這傢伙真的知道線索嗎？」那個輕鬆的態度讓彥丞總覺得很不爽。

「……這位是？」那人將口中的菸快速吸盡，然後重新點了香菸。

「他是我的合作夥伴。」

「夥伴啊……」他打量著李彥丞，那眼神空洞得簡直像是沒有靈魂。

「你要吃這東西嗎？」子圉問。

「那就有點強人所難呢，雖然我很喜歡嗑藥，但這種東西還是算了，我可無福消受。你們應該早就看出來了吧，那個藥並不是現實的東西，是跟你們一樣的人製作出來的。我可不想吃下去變成任人擺布的人偶。」

「人偶？」

「這藥並不是普通的毒品而已，吃下去的人進入亢奮狀態後會變得像你們一樣，除此之外，成癮性之高，足以讓人為了它而乖乖順從。」

「你很了解嘛。」

「情報販子也是很辛苦的。散播藥的人惹了不少麻煩，一堆人想除之而後快，但就是沒人動得了他們。」他從沙發的夾縫間拿出紙筆，在上頭畫出簡略的地圖，將紙遞給子圉。「總之，你們是想要找賣這藥的人吧。」

子圉接過紙條，看了一眼之後向他道謝。

「不用客氣，因為他們的根據地可能會改變，我也不能保證他們一定會待在這個地方，如果找到人的話再帶些禮物來給我吧。」

他揮揮手，將注意力轉回到書本上。

「謝謝。」翁子團收起紙條，對彥丞使了個眼色後兩人一同離開房間。

離開那陰暗冰冷的地下室之後，外頭的陽光簡直讓彥丞重新活了過來，變涼的皮膚因為溫度變化微微刺痛。

「那就直接上囉，你沒問題吧？」

「廢話。」

騎上機車，他們順著紙條上地圖的指引來到一處廢棄商場。

商場位在新設立的社區邊角，周圍是大片未開發的地段，寬廣的四線道從旁橫越，車輛快速呼嘯而過。附近沒有太多人活動的跡象，由於住戶還不多，社區內部也很安靜。那商場的鐵門拉下，原本的商標招牌也已經被拆掉，腹地內雜草叢生。

「看起來不像是有人的樣子。」觀察過環境之後，子團下了結論。

「是像那人說的，轉移陣地了嗎？還是說他在耍我們？」

「少胡說，在這裡等等吧。說不定晚一點就會現身了。」他們到商場對側的連棟公寓上埋伏，居高臨下以便觀察。

「不闖進去調查看看嗎？」

「打草驚蛇。」

直到入夜，周遭的活動開始停止，經過的車流也逐漸減少。李彥丞打了個呵欠，開始不耐煩起來。他是抱著可以跟人打鬥的期待來的，現在卻只能對著一個毫無人煙的廢墟乾瞪眼。

「我覺得八成是被耍了。」他趴在露臺的女兒牆上無聊地說。

「你真的很沒耐心。」子圉早已習慣他的耐性不佳。聽她這麼說，李彥丞又忍不住繼續抱怨。

「噓！安靜點。」少女拿出預先準備好的望遠鏡，調整焦距。

一輛銀色的租用轎車從遠方駛來，然後緩緩地轉入商場的的停車場。一個外國男人摟著兩個女孩子下車，用遙控鎖打開破舊的鐵捲門，發出嘎嘎惱人的巨大噪音。銀色轎車掉轉車頭離去，那男人旁若無人地大聲嚷嚷著，看起來一副醉醺醺的樣子，一邊大剌剌地調戲著身旁的女孩，手掌狂妄地在她們身上游移。他們走進漆黑的商場內，鐵捲門再度轟隆隆關閉。

「就是他嗎？看起來不怎麼樣啊。」

「你除了這種評價之外就沒有別的詞彙了嗎？」

進入商場後就沒辦法繼續用望遠鏡觀察，少女放下望遠鏡。封閉的大型外窗連一絲光線都透不出來，從外面完全無法看見內部的情形。

「現在要怎麼辦，要把情報給那些黑道聯手逮人嗎？」

「等那些人慢吞吞地聚過來，他搞不好又溜了。」

「那你想怎麼做？」

「嘿哈哈哈——」少年大笑：「除了正面突破之外還有什麼辦法？直接把他抓回去領賞不是很好。」他用完全不留餘地的肯定句回應。

「隨便你。」子團擺擺手。「我只是怕有陷阱，雖然看起來那個樣子，但從他們的行事手法來看不像是個笨蛋。」

「那妳做後援吧。」他將竊聽器別在身上。

「真要命。」昔日的衝鋒隊長竟然被當成後援，子園無奈地說。

李彥丞翻過圍牆從五層樓的高度落下，被一雙黝黑的巨掌穩穩接住，緩衝落地。他穿越馬路直接走向商場，建築物裡面傳來笑鬧聲和擴大機的聲音。還真是奢侈的傢伙，竟然住在這種地方；李彥丞在心裡暗暗發笑。

黑色巨腕凝聚，粗大的手指像是捏紙屑般將鐵捲門扯開，接著一個彈指擊碎整片的玻璃門。他想像得出子園眉頭深鎖的那個樣子。

女孩的笑鬧聲停止，嚇得縮到那外國男人身後。賣場裡面的貨架被完全清除，除了固定在輕結構體上的物件之外，賣場內部活像是學校禮堂似的空曠，數盞高瓦數日光燈像是格鬥舞臺般照著外國人坐著的位置。頭一次看見這般開闊的空間，李彥丞忍不住微笑起來。絕佳的戰鬥地點！

科靈・威爾斯的手始終沒有離開女孩們的身體，在她們花俏的衣服底下猥瑣地撫摸著。六十吋的液晶電視機正播著最新的動作片，爆破音效從賣場周遭安置的擴大機傳來，簡直震耳欲聾。那外國人拿起遙控器將電視機轉為靜音，聲響瞬間戛然而止。他略長的金髮用髮圈向後固定，夾克底下沒穿其他衣服，胸腹的肌肉經緯分明，手指上戴著粗大的銀戒指。

「你有什麼事嗎？」他用濃重的外國口音說道：「噢！該不會是客人吧，很可惜，我已經沒有存貨了哈哈哈。」

「果然是你這傢伙啊，到處賣那藥丸的人。」

「是啊，你看她們倆纏著我就是想要這個藥哇！」他摟著的那兩個女孩子臉色發青，原本的醉意也已經消失無蹤。

……她們兩個也能看見我的手嗎？看見女孩子的反應，李彥丞暗想。

「我是來教訓教訓你的，」李彥丞平舉雙手，握緊的拳頭指節發出啵啵的聲響。「你有什麼意見嗎。」

科靈鬆開手，那兩個驚嚇過度的女孩撿起地上的衣服拔腿跑出賣場。

「為什麼要教訓我呢？你們這裡的人都很喜歡我的藥啊。」

「你這白痴做得太過火了。」

「哈哈哈哈！」科靈大笑：「原來如此原來如此，所以那些沒有用的喪家犬就派你來教訓我。我真是感到奇怪，我們明明是站在世界頂端的人，只要有我的藥，成立一支軍隊也完全不是問題。我們算是同胞吧？為什麼你就甘願聽命於那些人？」
「廢話少說。」
「別這麼心急啊，聽聽我的提案如何？」他用藍冰似的眼睛看著彥丞。
提案？李彥丞鬆開了拳頭，打算聽聽這個外國人想說些什麼。
「加入我們，如果他知道多了夥伴一定會很高興的。」
「果然是浪費時間。」
李彥丞衝刺，一拳灌向自始至終安穩地坐在沙發上的男人。那一拳將他打得飛離數尺，滾倒在地上轉了兩圈。
「站起來啊！」
不會一拳就倒了吧？李彥丞望向黑暗，感受著手骨受到的衝擊，捏緊拳頭。
「好痛啊……」科靈搖搖晃晃地站起來，右邊臉頰出現明顯的拳印，他朝著地面將嘴裡流出的血混著唾液吐出。「真沒辦法，史賓森那傢伙雖然不在，但我可不想就這樣投降啊。」
他的手中浮出三顆黑藥和一堆五顏六色的各種藥劑。
「呿，沒有水嗎……喂，小子！」他的眼神游移，手指無力地指著彥丞腳邊桌子上的白蘭地。「把酒給我。」
彥丞冷笑一聲，黑腕將酒瓶連帶整張桌子掀飛出去。科靈躲過桌子，接住幾乎快灑光的白蘭地。

「你這小鬼還真粗魯……」科靈將手中那堆藥丸塞進嘴裡，和著白蘭地盡數吞下，然後將空瓶砸向一邊。他的身體開始劇烈地顫抖，原本就因為喝酒而泛紅的皮膚現在變得像火燄般熾熱，手臂筋脈誇張地凸起，肌肉糾結膨脹將整件夾克撐得緊繃。原本削瘦的臉龐扭曲猙獰，眼神中帶著狂氣。

「Come on boy！The Second Round！」科靈跳起詭異的步伐，以令人意外的高速衝向彥丞。他的攻擊方式雜亂無章，大概就是街頭混混的程度，但揮舞著的拳頭力道卻像是重錘一樣猛烈。彥丞擋下幾記拳頭，然後趁隙朝著科靈的下巴揍去，科靈動作停了一下，他隨即再補一腳踢向他的腹部。

「就這樣啊……完全沒勁啊小鬼。快用你扯爛鐵門的那個能力啦。」科靈被他打退了幾步，無所謂似地歪著頭看他。

「使出來的話，一下子就結束了。」

影拳從地面閃電般竄出擊中科靈的側臉，頸骨發出扭轉的聲響，但是後來的二、三拳卻都落空，科靈以前所未有的速度避開，影拳只擦過他的身體。科靈彎下身，手指點住地面趴伏著，猶如鬼魅般眨眼間移動到彥丞身旁，李彥丞勉強才反應過來擋住那可怕的拳擊，用來抵擋的右手臂隱隱發麻。

互毆肉搏戰爆發。雙方都開始全力攻擊，如果撇去兩人那種詭異的速度，或許就跟街頭打架沒什麼兩樣，彥丞沒有使用能力，而是一對一地與科靈進行搏擊，科靈像是殭屍一樣被揍了也沒有任何反應，沒有任何防守的意識只是不斷地揮拳，動作大得像小孩子打架。在藥力輔助下以速度和打死不退的攻擊模式彌補，動作單調得要命。

爽快！實在是太爽快了！彥丞不斷地忍耐，享受著閃避那致命拳頭的危機感。享受著拳頭打在對手身上的衝擊感。

刺拳割過他的臉頰，同時他的拳頭擊中科靈的眼皮，側踢踹向腹部被他用手肘防禦擋開，他抓住科靈的腳限制住他的動作握緊拳頭打他的肚子，鬆手之後科靈又撲過來用頭撞他的鼻梁但是沒中。

然後他開始感到厭煩。

彥丞抓住時機猛踹向科靈的脛骨，發出殘酷的聲響之後科靈的步伐瞬間慢下來，喉嚨發出啞然的低鳴。

「動不了了吧，就算不會痛，無法前進就是無法前進。」

科靈想移動，受傷的腿卻不聽使喚地顫抖。

影拳竄出地面，一記又一記毫不留情打在科靈的臉上，手臂的數量逐漸增加，科靈緩緩地騰空而起，身體在墜下之前就被影拳打得重新浮起，他一吋一吋向上，直到足尖越過彥丞的頭頂，影拳消失無蹤，科靈墜落，像是死肉落在砧板上一樣發出難聽的撞擊聲。

「不是說了嗎，一下子就結束了。」彥丞看著倒在地上的科靈，他的胸膛劇烈地抽動，臉孔已經被打得歪曲變形，腫得像麵龜一樣，口鼻流出大量鮮血，鼻孔冒著血泡，充血發脹的眼珠死盯著彥丞瞧。

「竟然沒昏倒，簡直比扯鈴還扯……」他皺起眉，看著倒在地上劇烈喘息著的科靈。

玻璃被踐踏碎裂的聲音從後方傳來，一個高大的黑人踏破地上的玻璃碎片，啵啵作響地從大門走進來。

是同夥嗎？

李彥丞想起那躺在地上動彈不得的男人確實是說了個名字。

史賓森穿著墨綠色的T恤，灰色軍褲紮進靴口，臉上戴著圓圓的金屬墨鏡，身體雖然瘦卻肌肉精實，在單薄的衣物下鼓起。看到科靈躺在地上抽動，伸手抓了抓他剃得短刺的頭髮。他沒出聲，無視李彥丞的存在，如同狡捷的野生動物一樣直直走向躺在地上的科靈，然後在他身旁蹲下，伸出他那表面黝黑而反白的手指按住科靈的頸脈。科靈的身體已經停止抽動，胸膛緩緩地起伏著，看樣子是頑強地沒有死去。史賓森對著腕錶數起脈搏，確認暫時沒有喪命之虞後才站直了身子。他的眼神隱藏在墨鏡之下，讓人看不透他在想些什麼。

當彥丞意識到不對勁的時候，已經太遲了。

他嗅到動物的體味，遠處的黑暗中傳來深沉的低嗥，聲音聽起來像是狗，裡頭隱藏著怒氣。賣場內的黑暗領域擴大，內部像是無垠的漆黑草原一樣；彥丞聽見動物在他周遭移動，爪子刮著地板的鋪面，寶石般的赭紅眼睛出現在黑暗中。轉瞬之間，他已經被狼群包圍。

二十頭，還是三十頭？他數不清潛藏在黑暗中的狼群數量，朱紅色的狼眼用盯著獵物的視線注視他。未曾體驗過的戰慄感讓彥丞忍不住咧嘴微笑起來。

看起來很棘手啊這個傢伙。他決定先下手為強，影拳突襲，卻被史賓森扭轉脖子避開只打下了他的墨鏡。

——那是上位掠食者的眼睛。

彥丞被那對眼瞳盯得一陣惡寒，當下不管周身的狼群想率先發動突擊。他聽見鞋底敲擊地面的聲響，然後群狼便猶如閃電般展開攻勢。眼角閃過狼匹朝著他咽喉而來的噬咬，影拳擊中狼顎撞向天花板，隨後嗚咽著落下化為一團黑影。無數的影狼前仆後繼地衝向他，光是防守就自顧不暇。影狼始終維持著固定的數量，既使打倒了也會從黑暗中跳出新的影狼。波狀進攻讓彥丞逐漸感到疲憊，黑腕被影狼囓咬的痛楚反饋到他身上，讓他感到一陣惱火。

無數的影拳集結成兩只巨大手臂，掃除了包圍著他的狼群，彥丞散開其中一只巨腕作為防守，然後將意識集中，朝著史賓森的方向突進，將超巨型影拳揮向史賓森。

史賓森完全沒有進行閃躲，只是一動也不動地盯著他，在巨型影拳即將擊中史賓森的剎那——巨大的狼頭從史賓森身上浮現，狼喙間露出森森白牙，喉中猶如深淵。

裂開到接近極限的顎部瞬間咬合，尖牙刺入影拳，彷彿被狼頭吞噬一般，巨拳潰散。巨大的痛覺衝擊從拳心逆流而上刺激著彥丞的腦髓，他感到眼前一黑，拚命集中意識不讓自己倒下。完全沒料到會有這一手。李彥丞雙手墜落，腳跟開始發軟，手臂不自覺地顫抖，強烈的痛覺讓他的大腦一片空白無法思考。他聽見狼群的嚎叫，卻無力再起，連影拳也凝聚不出。

閃光劃破黑暗草原，黑騎士駕馭著咆哮的巨獸突入展開進擊，車胎在地面留下黑色的焦痕和灰白煙幕。狼群像機器一樣迎向草原的入侵者，卻被子囷手中的木刀逼退，她加足油門拉舉車頭，相準史賓森所在的位置疾駛而去，同時身體離開座椅，足間順勢推出。飛出的車身將史賓森向後撞飛十幾公尺，黑騎士踢向椅墊在彥丞身旁落下。

少女解開安全帽，以木刀和厚重的安全帽勉強擋住陷入猶疑的狼群。

「站起來！」少女的聲音將彥丞渙散的意識拉回。黑騎士重新具現摩托車，引擎的巨吼震懾狼群。

李彥丞攀住車體，勉強地爬上後座。黑騎士即刻掉轉車頭朝著入口疾馳，他瞥見史賓森從黑暗中站起，狼群朝著他們瘋狂追擊，卻在機械動力的極速下逐漸脫節。

少年看著站在賣場入口的高大黑人在微光的照映下，影子像怪物般延伸。他朝著那人伸出中指，看著他的身形逐漸縮小。

黑騎士在夜中疾馳，將彥丞載到住處後扶他進屋內。他的雙手失去力量，只能不住地顫抖著。劇烈的疼痛還在持續，手臂的肌肉痙攣，上頭浮現著一道野獸的咬痕。

「連你也打不贏的傢伙還是第一次遇見呢。」子囷檢查李彥丞的傷勢，雖然不是致命傷但看他的表情扭曲成那個樣子，子囷不禁皺眉。

「我看這個案子暫時就先停了吧。」

「辦不到！老子一定要痛宰那個傢伙啊啊……啊啊啊啊！」子囷捏了他僵直的手臂一

把，讓他表情扭曲痛得哇哇大叫。

「都變成這個樣子了還逞強，你是不要命了嗎？要不是我衝進去救你出來，你大概會變成一坨狼大便吧。我把那所商場的情報告訴我爸，剩下的事情就別管了。如果可以的話，我不想再和那群怪物交手。」

「妳就不在乎我的自尊心嗎?!」

「命都沒了，自尊心有個屁用。」她敲了下李彥丞的頭：「總之這件事就到此為止。除非有其他對付他的辦法，否則我不會讓你去對付他。」

「對付他的辦法……」只要沒有那些狼礙事的話……李彥丞承受著劇痛，歪頭想了想。

「找更多人來幫忙不就得了嗎？」

ch2.

群狼的迷惑

史賓森踱出賣場的破口，遠方只能依稀看見遠方稀茫的車尾燈，狼群還在追擊，速度卻遠遠跟不上機械。耳邊響著風流動的颼嚓和引擎的咆吼，他在心中命令狼群放棄獵物，然後轉身走回陰暗的賣場內部。

「誰叫你多管閒事？」他啐了一聲。

「咯咯咯……」史賓森的肩頭上傳來低啞的笑，狼首從他的肩頸處浮現，明明是狼頭，嘴巴卻有如人類說話般靈活地開闔著。

「我是在保護你。」

「你是想吞掉他的能量。」他瞪了狼首一眼。

狼首的力量飽滿，口中蘊著一股龐大的能源團塊，正貪婪地消化吸收。史賓森擺擺頭，將狼首壓回體內。

「咯咯咯……」狼首再度發出砂紙般的笑聲，然後逐漸消失。

那個小子揮著巨拳朝他衝來的氣勢的確出乎意料，他原本想硬吃下那攻擊，然後趁機命令狼群將他撕成碎片，但是那狼首卻擅自將那影拳的力量咬散吞下。他完全不知道狼首竟然擁有這種能力。

還有那個騎士，竟然將整輛車體丟向他進行攻擊。被厚重輪胎撞擊到的胸口還在隱隱作痛，如果不是順著衝擊力道向後卸下動能，自己的胸骨應該會斷裂不少。這兩個人的打法簡直就像不要命似的，跟之前那些與他戰鬥的影子使者完全不同。

他像頭狼，舔舐嘴唇。

鞋子踏在地磚上，空蕩蕩的商場回振足音。科靈依然倒在地上急促地喘息著。他低頭望了他一眼，科靈的臉已經不成人形，血沫覆蓋過他的口鼻緩緩淌出，底下是無數的挫傷和浮腫，青紫占據了他整張臉，連眼睛都幾乎無法睜開。

他噗噗地用鼻孔呼氣，每次都溢出大灘的黑血。他想張嘴說話，口腔卻一片血肉模糊，幾顆牙齒看起來搖搖欲墜。

「你還真慘。」史賓森評論道。

科靈的喉嚨間發出咕嚕咕嚕的抗議聲。

「送你去醫院？」

科靈搖搖頭。

「好吧。」他拎著科靈的後襟，將他整個人拉起，健壯的手臂鉗住他虛軟的身體。他將科靈丟到沙發上，找了一瓶沒被打碎的白蘭地，拔開瓶蓋用酒液朝著科靈慘不忍睹的臉全部倒出洗過一遍，然後將剩下的酒倒進科靈的嘴裡。酒汁熱辣辣地刺穿他的傷口，如同火焰燒灼著他，科靈猛力擺動四肢掙扎發出不成聲的哀號，卻被史賓森壓得死緊。

「別喝下去，漱口之後把嘴巴裡的血吐出來。」

科靈放棄掙扎，嘴唇上的破口被酒洗過之後更顯得怵目驚心，他無力地搖晃臉皮漱起口，每當液體流過傷口的時候就讓他痛得腦袋發麻。酒精流入身體中，逐漸麻醉了殘存在體內的痛楚。他僵硬地扭動脖子微微張口，讓濃稠的酒血混合物緩緩地從他的嘴裡灑到地上。酒精的刺鼻味和血的腥味讓史賓森皺起眉頭，自從覺醒之後，他的五感就比以前好上許多，嗅覺、聽覺、夜視力都變得敏銳無比。

他覺得自己像頭狼。

「作些止痛藥給你自己吃。」他對眼神渙散的科靈說道。被酒汁洗過的科靈看起來非常狼狽，拳頭的印記被腫脹覆蓋過去，兩頰不對稱地腫起，眼睛被皮膚裡聚集的血塊壓住瞇成一直線。史賓森看見他湛藍的眼睛在底下轉來轉去。

「那兩個人是誰？嗯，黑道的人嗎？」

科靈咿呀地想說話，卻發不出聲音。

「點頭或搖頭。」

他點頭。

「這裡不能待了。」史賓森對他說。

科靈痛苦地咳著，嘴裡的傷口還在流血，沿著喉嚨流進胃裡，他簡直要吐了。

史賓森想起那兩人的模樣，看起來都還十分年輕，氣息也不太像是黑道分子。那個少年雖然帶著濃厚的暴戾之氣，但那是他的本質，他只是想戰鬥。而那個騎著機車突襲他的女子就說不準了。一般的女孩能用木刀擊退狼群嗎？

不管他們兩個是不是黑道分子，既然已經有人可以找到這個地方來，而自己又讓他們逃走，那麼接下來或許就會被包圍也說不定。如果只是一般人那也還能對付，要是聚集夠多的人拿著夠多的武器那可就不太妙。就算他可以逃掉，科靈也絕對會被抓住。

他伸出手指，摩擦著臉上粗糙的鬍髭。

他命令狼群警戒四周，然後輕巧地將科靈扶起，讓他俯臥在自己的背上。科靈低沉地哀叫著，咽喉發出呼嚕聲。他調整姿勢，讓科靈能趴得舒適點，然後一步步走向門外。他讓影狼圍成圈暗中監視著周邊物體的行動，雖然附近只有住戶的燈還亮著，車流量也少，但是他還是不想被人一路追蹤回去。

史賓森沒有攔車，打算徒步背著科靈走回自己的住所，要是留下移動的痕跡就不好了。狼群在陰影處奔行跳躍，藉著影子的掩護監視著附近的一草一木。牠們完全遵從史賓森的指示，在夜色中往返梭巡，作為前哨為主人開路，偶爾傳來警告的低嗥。

確認過沒有人追蹤之後，他揹著科靈走上街道。就算有人以望遠鏡監視，也不可能在完全不移動的狀態下跟蹤他。史賓森相信他的狼群會排除所有危險因子。

夜空中殘留著白晝的燥熱，狼足踏在地面，從他的腳心傳回溫暖的熱度。史賓森的頭上泛起汗珠，他不喜歡這個地方，空氣飽含著水分黏稠地纏著他。科靈的體重對他受傷的身體有些負荷過重，被重型機車撞擊到的胸口肌肉劇烈地抽搐，再加上狼群傳回來、被那個小子的影拳打擊的痛楚還殘留在他的腦袋裡。他沉重地調整呼吸。

住所距離科靈租下的廢棄商場並不太遠，是有些僻靜的日租套房。他用鑰匙打開生鏽斑駁的鐵門，然後踏上階梯回到五樓的房間內。房間內擺著簡單的床具和桌椅，和房間大小完全不相襯的巨大液晶電視霸占著角落。

他將科靈粗魯地丟到床上，聽見他發出悶哼的聲響。

還沒死就好了。

他走進浴室裡沖澡，走出浴室的時候聽見科靈的鼾聲，因為被凝固血塊堵塞的關係，呼吸的聲音非常噁心。他打開空調，讓房間裡的空氣好聞點，不然裡頭全都是酒氣和血的味道，混合著水蒸氣變成噁心的味道。

略嫌狹窄的沙發很硬，但是這種侷促感讓他覺得很舒服，史賓森蜷起身體，窩在沙發用遙控器看了一會兒電視機之後又關上。《追憶逝水年華》已經重複讀了三遍，又不知道該去哪兒買他看得懂的書。

他看著從窗外射入的月光，然後想起那個晚上。

他和科靈離開監獄的夜晚。

那個自挾吸血鬼之名的男人搭上他們的車，跟著他們來到西岸，然後他們眼前出現了一個影子使者。那人似乎是追著德古拉而來，看過那場戰鬥之後，史賓森就徹底地懾服在那名為德古拉的男人之下，他是無法對抗的。那影子使者將德古拉幾乎撕成碎片，但就如德古拉所說的……他一次又一次地復甦了。

使者的指甲延長成為黑色的利爪，切開德古拉的身體，手臂大腿身體軀幹甚至腦袋，都被如同絞肉機旋轉的爪子割裂，德古拉的血積滿地面形成黏稠的池，被破壞的身體連同衣物收縮回復，掉落在腳下的身體器官落入影子之中又再度緩慢地長出來。

使者展開最後的攻擊時，他承受住刺進頭腦裡的利爪，骨骼肌肉彷彿具有自我意識搬緊縮，夾住尖爪。

他用殘缺不全的手掌掐住那名使者的脖子，尚未完全復原的手指尖骨刺穿咽喉的皮膚發出咕嚕咕嚕的聲響，血液湧出，影子使者痛苦地死去。

德古拉鬆開手讓他的屍體倒在地上，沉默地看著自己的掌心。

史賓森和科靈無語地看著德古拉，等待他的反應。德古拉的手心沾滿暗紅的血漿，味道刺激著眾人的嗅覺，他甩甩手，血花濺灑在地。

德古拉搜刮死去使者的屍體，口袋內除了少許現金和手槍之外什麼也沒有，沒有任何證件或其他可以得知他身分的東西。

「繼續走吧。」

德古拉用那人的衣服抹抹手，對他們說。

不知道從何而來的護照讓他們成功地搭上飛機離開美國，跨越整個太平洋來到這個國家。名喚德古拉的男人一步步實行他的計畫，知識量廣泛得驚人，不僅學識淵博，而且記憶力比他見過的任何人都強。史賓森偶爾會和他聊起古典文學，不管是什麼書他總是能倒背如流。

但是他卻想不起自己的名字。

史賓森開口詢問他的名字的時候，他總是露出淒苦的微笑，然後搖搖頭。

「我真的忘了。」

他覺得德古拉說的是真話。

「不只是名字而已，我的過去也變得破破爛爛的。」他說。

德古拉運用化學和物理知識和科靈一起造出那名為「覺醒」的藥劑，他們將藥散布在這個城市中，最後終於出現了那個運用炸彈的能力者。

但是那人卻失控了。

他開始破壞這個城市，殺掉了一大堆人。史賓森原本想殺掉他，卻被德古拉——這個時間點該改叫他「因摩陀」——給阻止了。因摩陀要他靜觀其變，他想知道這座城市的使者究竟有多少人。果然，在失控的炸彈使者開始大鬧之後，那些潛伏在暗處的使者們便開始行動。其中一人被炸彈使者輕輕鬆鬆解決，而史賓森的狼群吞噬了另外兩人。

對他而言簡直就是輕而易舉的事情。

除了那個揮舞著巨大手臂的小子以外，其他人都孱弱得讓他想笑。

如果不是「芬里爾」將那小子的影拳粉碎，或許輸的人會是他自己也不一定。他可以感受到烙印在狼身上的拳頭所帶來的痛楚，每一下他都得咬緊牙關才能忍過去。他看著倒在床上呼呼大睡的科靈，變形的臉像是被招呼了數十拳，這個人的身體也夠強韌的。

換做是他也沒把握能夠硬吃下這麼多記拳擊。

他看著沒有畫面的電視機，徬徨著，不知道接下來該怎麼做。

ch3.

變化的調整

夸特恩現身的瞬間，玄罌哥和茉妮卡同時彈起身退後，椅子倒在地上發出巨大聲響，梅杜莎也在同時間出現，兩個人都警覺地盯著巨人瞧。

巨人身體閃出的金屬光輝瞬間籠罩整個空間，齒輪的運轉聲滴滴作響。它看著眾人，胸口的發條裝置灼灼燃燒著，闇色的晶體散發著青焰高速迴轉，驅動著它的身體。

「啊啊……他是我的影子啦。」我趕緊解釋，他們兩人看我完全沒有受到驚嚇的樣子，於是放鬆了戒備。

「真是的，不要嚇死人好不好！」玄罌哥邊抱怨邊扶起倒下的椅子，茉妮卡則是愣愣地望著機關巨人，梅杜莎甚至已經跑到它身邊好奇地東看西看。

「下次要叫出來之前麻煩先說一聲，會嚇出心臟病來的。」玄罌哥無力地說。

「是它擅自跑出來的啊……」

夸特恩環視周圍，因為沒有表情的關係看不出來它到底在想什麼。

茉妮卡眼中射出的星星幾乎都飄在半空了。她用喉嚨發出驚嘆的氣息聲。

「——好——厲——害！」她興致勃勃地衝過去跟梅杜莎兩個繞著夸特恩轉圈，像是兩個看見新玩具的小孩子一樣，我懷疑她大概是把別人的影子都當成大玩偶看待。

巨人突然被如此關注也亂了陣腳，慌亂地扭著身體。

「我還是第一次看見呢！別人的意識型。真好真好，看起來就好強的樣子。」她轉過頭來，滿臉興奮的表情：「是機器人啊！」

「很可惜，我並不是機器人。」夸特恩的聲音像是直接傳入我們耳中一般無聲地說話。

「真的好厲害！竟然可以跟別人說話？」茉妮卡驚嘆。

「的確是很少見，」聽見那機械式的說話顫音，趙玄罂更加驚訝。「有自我意識的影子本來就很少，能夠跟使者以外的人交談的類型幾乎是沒見過呢。」

「你說你幫得上忙，是有什麼方法嗎？」我問道。

「正確地說，是茉妮卡．雪菲爾女士能幫得上忙。」

「我？我能幫上什麼？」茉妮卡滿臉疑惑。

「因為您那次與吾主的交談，讓我得知了您的能力，我需要私下與您對談嗎？」

茉妮卡歪頭想了想才明白夸特恩的意思是不想透露她的能力。

「不需要隱瞞，你直接說吧。」茉妮卡說。

「……那麼我就直說了。」夸特恩停頓了一下。「根據雪菲爾女士的說法，您能夠增強腦部的運作，甚至與影子直接同步連結。」

「大致上是這樣吧。」茉妮卡點點頭。

「這跟裨明有什麼關係嗎？」趙玄罂問道。

「我推測，如果腦部能力強到能夠與影子產生同步，那麼或許也能夠用在其他人身上也說不定。要是這個方法可行，那麼要協助季小姐控制住影子就可以從這裡下手。我雖然能夠以能力壓制住季小姐的變化，但是如果她本人完全沒有要面對自己的能力的話，我也無能為力。因此，如果能藉由雪菲爾女士的力量，在季小姐變身的時候將他人的意識送入，那麼就有可能幫助她奪回身體的主控權。」

「真的嗎？」在我跟玄罌哥都還沒會過意來之前，茉妮卡瞬間就理解了這個概念。

「我問了梅杜莎，她說可能性非常高。」

「是的，只要存在可能性的話，我就可以進行干涉。」

原來這傢伙是在作這種打算……能夠調整概率的機關巨人，只要擁有可能性，沒什麼事是它不能夠完成的……嗎？

「那真是太好了！要是能成功控制住影子的話，小明也可以開始過普通人的生活。」玄罌哥語氣十分激動地說。

——你是算計好的吧？我在心裡問它。

——關於這點，我無法否認。那厚重的聲音獨自在我內心響起。

——我覺得，依照雪菲爾女士的能力，她會找上你必定是因果律的推行。雖然我沒有能力去理解因果律，但是拉普拉斯的運算必定是導向著某個結果，或許她的到來就是與季小姐有所關聯。

「下一次強制變身的時間……是兩天後的月圓之時嗎？」夸特恩問。

「是的，那時候是她的影子力量最強的時刻。」玄罌哥回答。

「那麼到時候就再次呼喚我吧，吾主。」夸特恩說完話便向所有人致意，瞬間消失在我們面前。

「守人的影子看起來很紳士的樣子，竟然還叫我女士，跟你這沒禮貌的使者完全不一樣。」茉妮卡嘻嘻微笑。

「它看起來……知道很多事情。」玄罌哥凝視它消失的身影，表情看起來有點惆悵，但是又馬上轉過來對我問：「不過這也表示守人你已經完全了解你的能力了吧。」

「大致上都知道。」

其實我並不是完全能理解夸特恩的能力，雖然夸特恩解釋得很清楚，但我卻聽得很模糊。對於自己的能力我倒是深有所感，這些日子體力一直非常好，茉妮卡的巨型行李箱扛起來也不是那麼費力，只是力氣再大，還是抵不過烈陽，該流的汗完全不會少。之前竟然完全沒有發現，一定是夸特恩在暗中搞鬼。

前門的搖鈴突然響起，是有客人來了？

玄罌哥皺著眉頭站起。這個時間沒有營業，是誰會突然衝進來？他打開隔間門，一個男人出現在門的外頭。

「遠川……這是怎麼回事？」

他的脖子上纏繞著厚重的繃帶，面如死木。這可不是什麼修辭學上的誇示法，他的臉色死白，明明看起來年紀大概也與玄罌哥差不多，面容卻歷盡風霜，宛如一棵死去的樹，身上還留著未枯的枝枒和繁複的寄生植物莖藤。

「這幾天你都跑去哪了，一點消息也沒有。」玄罌哥抓住他的臂膀，有些激動地問。

「這個城鎮……不能再待了……」他的聲帶像是被砂紙磨過一般，發出低啞的聲音。「宵影……會派人過來嗎？」

「你跟別的使者戰鬥了？」

那男人點頭，閉上眼睛，然後用那可怕的嗓音說道：「那個傢伙……太可怕了，就算是宵影的使者全數出動也……」他幾乎用盡全身的力氣才說出這段話。「如果宵影沒打算派支援過來……我們就得趕快離開這座城市。」

玄罌哥扶著那男人坐下，他的臉上腫著大片的青紫，看起來是被人使勁毆打的痕跡。他瞟了我和茉妮卡一眼。

「是你們兩個啊……能成為戰力嗎？」他向趙玄罌問道。

「你……認識我？」我訝異地問道。

「那天晚上幫助你們逃離小明攻擊的就是他。」

玄罌哥端了杯水過來，緩緩推到桌上。

「他是我大學的舊識，叫鍾遠川。」

「原來如此。」

我朝他微微頷首，他一句話也沒說，跟玄罌哥要來紙筆。

他用鉛筆緩慢地在紙上畫圖，先是個圓，接著塑出月牙般的弧線占據了圓的左側，他在那上頭開始畫上無數的月牙，大大小小層層疊疊的弧線不斷交錯開始形成奇妙的複雜圖案，雖然看起來有些雜亂，但是帶著獨特的規律感。

隨著圖案的完成度，玄罌哥的臉色也越來越差。他放下筆，將完成的畫推到桌子中央。

「你也知道這個圖案代表什麼吧？」

「你不是在開玩笑？那個人怎麼可能會到這裡來！」

「你拿到的藥，有結果了嗎？」

玄罌哥搖頭，臉色也變得跟死人沒兩樣。

「我看到他吃了像是藥的東西。」

「這怎麼可能……難道是……他在散播那種藥嗎？」

「就我調查的結果，八九不離十。」

用水潤過喉嚨之後，他的聲音已經沒那麼枯槁，說話也平順許多。

「我猜……還有一兩個使者在跟他合作，他說他吃下的東西是複製品……不管是不是他搞的，宵影沒有支援的話……其實我認為就算宵影方面願意加派人過來，我們也必須趕快離開這裡。那個人實在太難捉摸，以我們的戰力是沒有辦法對抗他的。」

「難不成另外兩個使者是被他們殺死的嗎？這次事件一次死掉三個影子使者，短時間內宵影已經沒有餘力派人手過來支援我們了。」

「那就快點離開吧，找個庇護所之類的地方躲起來。」

「暫時不行，」玄罌哥看起來冷靜了點，坐到我身旁，將下巴靠在托起的手背上。「後天晚上禘明會強制變身，如果沒有找到適合的地方，我是不會讓她離開這裡的。」

「後天嗎……」鍾遠川雙手交握，沉聲說道：「根據我的調查，目前這個城市的地下勢力也開始想辦法對付這些外來者，那個藥似乎是很難纏的東西，如果那個人說的話都是真的，那麼我猜那個藥的效果有可能是……」鍾遠川嚥了口水，「能夠誘發人的能力覺醒。」

我越聽越迷糊，卻半句話也插不上。

「的確是有可能，那個炸彈使者陷入昏迷之後，體內的能量就一直非常弱，跟進入淺覺醒的普通人差不多。看來跟那個藥的確是有什麼關聯。」玄罌哥沉思了一下才說：「不過他為什麼要跑到這個小島上來做這種事呢？」

「在影子使者多的地方，也許會妨害到他的計畫吧。」

「計畫？」

「他說……要讓所有的人類都成為影子使者……簡直是瘋了。」

這句話讓在場的人臉色都變了，沉默籠罩下來。要讓全部的人類都變成影子使者？好像在說要讓所有的人類都變成超級英雄一樣，像是狂妄瘋癲的變態科學家會說的那種話。

「能想出什麼對策嗎？」鍾遠川說道。

「現在要討援兵幾乎是不可能了，如你所說，有那個傢伙在的話，連宵影都束手無策的。只能先熬過這兩天，等到禘明的事情處理完，看看他們的行動再說了。」

「你們兩位之中有適合戰鬥的能力嗎？」鍾遠川向我跟茉妮卡問道。

我看向茉妮卡，她被這突如其來的問題嚇了一跳。

「戰鬥什麼的，我可是一竅不通。」

「你呢？既然能夠打倒那炸彈使者，應該是能夠作為戰鬥運用的能力吧。」

「……我可以把體能增強。如果要打鬥，一般人應該還可以對付吧。」我直接把夸特恩的存在省略掉。茉妮卡和玄嚳哥也都沒有多提。

「體能增強……」鍾遠川思索了一下，站起來推開通往後院的落地窗。「到外面來，用你的能力對我攻擊。」

我站在旁邊，聽到他的話愣了一下，轉頭看著趙玄嚳，而他竟然只是聳聳肩什麼話也不說，茉妮卡則露出有點擔心的表情。

「不要看別人，我叫你攻擊我。」鍾遠川冷冷地說：「最好用全力。」

我咬著牙走到外頭的草坪上，試著回想起那時候戰鬥的感覺。雖然能夠發揮出比平常大的力量，不過這幾天唯一的活動也只有幫茉妮卡搬家而已，要我立刻用全力戰鬥根本就辦不到。不過既然他都這麼說了，乾脆就當作試試身手。

我走到他面前，稍微熱身一下。

「用全力沒有問題吧？」

「應付不來的話，我會讓你知道的。」他膝蓋略曲，展開架式。

我打量了一下他的姿態，看起來應該是國術之類的武術？我深呼吸了幾次，瞬間沉下腰，腳的力量踢向地面讓身體高速奔出。身體以我無法掌握的速度衝刺，明明瞄準了他的位置揮出，拳頭卻出乎意料地落空，鍾遠川只是輕輕一撥就將我的身體重心完全偏移，我頓時控制不住身體的速度，眼看就要摔在地上，鍾遠川及時拉住我的肩膀讓我穩住身子。

「果然不行。」他揮揮手，「可以停了，你連自己的力量都還沒習慣，看來打倒炸彈使者只不過是僥倖。」

被他這麼一說我倒是臉紅起來，打贏那個腦殘的人根本就不是我，而是李彥丞。我甚至連一次攻擊都沒成功就昏過去了。

「如果用那種揮拳方式打人，只要一拳你的手就廢了，更不要說戰鬥。在趙玄罌處理完事情之前就由我來指導你一些基本的武術，不然要是發生戰鬥，你只會變成累贅。」

「別這麼刻薄嘛，他還只是高中生而已。」趙玄罌靠在窗邊露出他一貫的微笑。

「比他年紀更小的使者多得是。」鍾遠川瞥了我一眼，沙啞地說：「這兩天沒事的話就到這裡來，我來負責鍛鍊你的身體和格鬥技巧。」他走進屋內對趙玄罌說：「我再繼續觀察他們的動向，如果有什麼危險的話我會立刻通知你。」說完之後他轉過頭來若有所思地打量了我一番，然後便轉身離開。

「那個人還真嚴厲。」我看著他推開月樓的入口大門緩緩離去，忍不住脫口而出。

「他一向是刀子嘴。」玄罌哥皺起眉頭苦笑：「跟他相處久了很快就會習慣。」

我低頭握了握拳，心中想著鍾遠川所說的那些話。鍾遠川的話令我背脊有些發涼，如果不是他提醒我，我從來沒想過如果我用這種力道打在其他東西上我的手會變成什麼德性，就算打中我的指骨應該也碎光了。光是想像拳頭打人的那種痛楚就讓我渾身起雞皮疙瘩。

我回到桌旁，注意到鍾遠川留下的畫。

「玄罌哥，那個圖案究竟是什麼意思?為什麼你們看起來都很緊張的樣子?」

趙玄罌拿起桌上的畫，表情變得陰沉起來，他抿了抿嘴角，看起來是在思考要如何開口。

「這該怎麼說呢……總而言之，這是一個危險人物身上所配戴的東西。根據宵影的資料，如果他還活著的話至少也已經在一百五十歲以上。雖然從十九世紀中葉就有他活動的紀錄，但是曾經與他有過接觸的人都已經死了，沒人知道他到底在計畫些什麼，也沒人知道他的能力是什麼。唯一知道的只有一件事，那就是他曾經出現在世界各地大大小小的戰場上，不管是國家之間的戰爭還是影子使者的大規模戰鬥都有使者目擊到他出現的紀錄。

說實在話，我們甚至連他到底是個人還是一個組織都沒人弄得清楚。唯一能夠認出他的依據只有這個配戴在他身上的墜飾，於是就變成辨識他身分的標示了。這二、三十年間已經很久都沒有目擊到他的紀錄，說起來好像某種奇珍異獸似的，有很多人都認為他已經死了，沒想到現在竟然又出現在這座城市裡。」

我拿起那張畫，然後我想起那晚出現在我面前的那個男人，他似乎也戴著項鍊，只是我不確定到底是不是畫上的這個圖案。我暗自思考，決定不把這件事說出來，沒必要在這個時候增加玄罂哥的負擔。

「遠川說得也沒錯，這種危險人物突然出現一定是有什麼計畫。如果不是因為小明，我們實在都應該儘早離開才對。」

「月圓到底對小明有什麼影響？」看到他這麼謹慎，我忍不住心中的疑惑。

「還記得你被小明襲擊的那次吧？她變身失控之後就會到處襲擊其他影子使者直到自己倒下為止，而且那時候她還保持著人形狀態，要是以她第一次變身的狀態，不知道會有多少人被她殺掉。為了防止她在變身時逃走，我原本是把她暫時關起來。」

他走到樓梯旁，推開那扇小門。

我原本以為裡頭是倉庫或是廁所之類的小空間，沒想到竟然出現一道通往地下的階梯。趙玄罂打開燈走到樓下，我和茉妮卡尾隨其後，跟隨他走到地下室。

金屬製的厚重門扉出現在樓梯底部，樣式看起來像是電影裡才會出現的金庫大門，巨大的旋轉手把卡在一旁，還設置了精密的電子鎖。玄罂哥解開電子鎖，然後旋開門閂，門的厚度相當驚人，他用了不少力氣才完全打開。

「我努力了好幾個月，結果還是不得不把她關在這個房間裡面。」趙玄罂苦笑道。

房間裡面是個幾乎完全密閉的空間，四面牆壁、天花板和地板都以金屬構成，除了牆壁角落接縫間只有手指寬度的透氣孔之外沒有其他縫隙。周圍的牆面上面布滿了各種衝擊痕跡和尖銳的野獸爪痕。以牆壁的厚實程度來說，連用機械工具都很難在上面做出這種損害，那些痕跡卻像是貓在磨爪子一樣，毫不留情地將它剜開。

我想起那天晚上，小明那像是招潮蟹般的巨大右手一擊刨開柏油路面的景象，心跳加速。我茫然地看著牆壁，毫不懷疑那手臂到底能不能在牆壁上留下那些恐怖的痕跡。

「上次我以為能夠控制住的，結果一個大意就被她逃走了，還好遠川盯住了她，不然我真不知道該怎麼辦。」

「非得要關在這裡才能制住她嗎？」我心中一陣發酸，摸上牆壁的爪痕。金屬面銳利地翻出，歪歪扭扭地展示小明的破壞力。

「如果不用這個房間困住她，得要超過三個使者才能勉強從正面壓制她，會有人受傷就不說了，連她都經常傷到自己。遠川也說那次能偷襲成功，完全是因為她把注意力都集中在你和茉妮卡身上，不然事情可沒這麼好解決。」趙玄翾深呼吸。

「就算要離開，至少也得熬過這兩天把她給搞定，不然我可要傷腦筋了。」

不能再這樣下去了……我看著牆壁上的抓痕，在心中暗自發誓，無論如何都不能再讓她這樣下去了。

隔天早上我和茉妮卡準時到了月樓。小明的狀況看起來好多了，幫忙完玄翾哥整理營業準備之後，我跟她單獨相處了一下，聊著我們分開的這段期間的事情。

一開始她還有點彆扭，對我說的話沒什麼反應，漸漸地才聊了開來。她的情緒變化還是不大，聽了我說的幾個學校的趣事也只是露出淡淡的微笑。我才想起玄罌哥提到過她必須維持情緒穩定。

「對不起，都是我在說，沒考慮到妳的心情……」

她輕輕搖頭。

「我很想聽啊。」她苦澀地說：「我已經好久沒有像這樣跟人說話了。」

我搔搔頭，突然害羞起來。那一瞬間，彷彿又回到小時候我們在一起玩的感覺。

「你父母親他們……過得還好嗎？」小明有些怯懦地開口。

「我爸跑到國外雲遊去了，我現在和姑姑住在一起。」

「你爸……那伯母呢？」

「我媽她……」我乾乾地笑著：「她過世了。」

「……什麼？」小明瞪大了眼睛，喉嚨的肌膚起伏著，發出像貓咪般呼嚕嚕的聲音，表情皺縮起來。她像是沒聽懂我所說的話，湊近身子再次確認。

「你說伯母她怎麼了？」她又問了一次。

「她死了。」

她發出哽咽的聲音，眼眶泛紅，然後馬上撲簌簌地掉下淚珠。

「你在開玩笑對不對……？」

我搖搖頭，對她露出苦笑。

小明用手抹掉臉上的眼淚，但還是源源不絕地滑落。

「伯母她……為什麼……是什麼時候的事情？」

「生病啊。」我淡然地說：「我剛從小學畢業的時候，她生了場大病，住院住了好長好長的時間。那之前不是有段時間我都在躲妳嗎？我被我媽罵得好慘。她一直惦記著妳噢，躺在病床上說好想再見妳一面之類的話，我已經有點記不清楚了。」我搔搔臉頰，有點不好意思地對她說。

「其實那時候在學校裡看到妳，我真的覺得很高興，心裡想著能夠再見到妳真是太好了。妳那時候對我這麼冷淡真的讓我好傷心噢。」我半開玩笑地說。

她突然摀著臉，啪嗒啪嗒地衝上樓梯，連讓我叫住她的機會都沒有。

「你怎麼又把人家弄哭啦！」茉妮卡從旁邊用非常大的聲音喊道。

「妳不要一直偷聽啦！」我有點氣急敗壞地回應。老實說，連我自己都覺得這種玩笑好像開得有點太過火了……

我在樓下待著，小明一直沒有動靜，而我也提不起勇氣上去找她。

午飯時玄罌哥看了我一眼，無奈地搖搖頭。

吃過午餐之後，鍾遠川依約出現。他依然穿著深色的西裝，那副有些狼狽的樣子在經過店裡的時候還引起了小騷動。他很快地繞到後面我所在的餐廳，手在身後乾脆地拉上門，隔絕了外頭的聲音。

他脫下外套，然後揭開袖釦，稍微捲起襯衫的袖子。他的手腕看起來肌肉結實，靜脈像樹根一樣盤據在手臂上。他把我叫到外頭的樹蔭下，開始對我講話。

「在進行格鬥訓練之前，你至少得先習慣自己的身體才行。」

他給我一份影印文件，上面寫著各種身體訓練，囑咐我閱讀的要點之後盯著我照表操課。從短距離的折返跑開始，一步步地讓我習慣身體。上面的訓練並不困難，對我充沛的體力來說完全不是問題，但身體的協調性還是很差，時常一個不注意就控制不住力量，剛開始的時候摔得很慘，幾個循環之後才逐漸習慣。

按照菜單上的項目全部作完一輪之後，鍾遠川要我在每個循環之間慢慢加快速度，以能夠掌握的速度去習慣身體。我按照他的指示逐漸加速，幾輪之後我就習慣這異常輕盈的身體，連我自己都難以置信。

鍾遠川非常仔細地指導我讓我對他的印象有些改觀，我原本以為他是個冷酷而嚴厲的人，雖然他的語氣始終冷冷的，臉也很臭，不過語氣倒是完全沒有表現出不耐的樣子，也時常提醒我應該注意的地方避免受傷。

大約三個小時之後他要我停止，這段期間他只是坐在窗邊，適時地指導我身體用力的角度和正確的動作方式。身上流了一大堆汗，儘管如此卻不大覺得累，肌肉雖然有些痠疼，不過還在可以接受的範圍之內。

「這樣就夠了嗎？我還可以繼續耶。」調整呼吸之後，我問道。

「一口氣做太多的話，你的肌肉會撐不住的。你不想隔天全身痠痛的話這樣就夠了。」他解釋：「這種訓練必須循序漸進，就算是職業運動員也必須逐步鍛鍊，肌肉才能適應高強度的使用，更何況你的身體能力是由外力加成，並非來自你的筋肉本身，一個不小心就會受傷。在你完全習慣之前，必須每天進行固定的循環訓練。」他似乎對我的表現還算滿意。

他要我沖個澡把身上的汗洗掉，然後換上輕便的衣服。幸好聽了玄罌哥的話多帶了換洗用的衣服。

我花了二十分鐘在浴室淋浴，用熱水紓緩一下微微痠疼的肌肉，然後繼續訓練。

「接下來我要教你一些基本的格鬥技巧。」他在樹下挺直了身體，將右手拳頭展示在我眼前。「首先，你得改掉用拳頭打人的習慣。」

「那我該怎麼攻擊呢？」雖然知道不能這麼做的理由，但是說改就改也不是那麼容易的。

「盡量用手肘或是膝蓋。如果有訓練過的話，用拳頭當然不是不行，但是在你目前的拳頭威力之下，只要打中目標恐怕你的手也完了。你現在的狀況就好像普通人用職業拳擊手的力道在揮拳一樣。手肘和膝蓋雖然也會受傷，不過相對之下應該還可以接受吧。」

鍾遠川示範了幾次用手肘揮擊的動作，軌跡利得像把剃刀。他要我試著用剛才習慣的速度進行攻擊，在經過那些訓練之後動作果然變得順暢許多，大腦逐漸可以掌握住身體的速度，但我依然完全打不到他，不管使出什麼攻擊都在千鈞一髮之際被他避開。

「你的速度很快，但是攻擊太過線性，很容易被看穿。試著用橫向的攻擊穿插，或是小幅度的攻擊，善用你的手肘。」他在我進攻的同時一邊指導我。我還是沒能碰到他，但是看得出來他要躲過我的攻擊也越來越吃力。

「很好。」幾次的攻防之後他開口說道：「接下來我也會開始進攻，我不會下重手，但是你必須想辦法閃過我的攻擊。」他話才剛說完，一個反制切近距離，拳頭與我的下巴只有一線之隔。

「那個傢伙雖然速度沒有你快，但是論起技巧的純熟度或許比我還強得多。」他放下拳頭，眼神中閃過怒火。「……要是遇上那個人，我教你的這些也沒有用，還是趕快逃走比較實際。」

「他真的有這麼厲害？」見識過鍾遠川的身手之後，我忍不住懷疑起來。

「他並不是不能對付，但是你不要嘗試想打倒他。」他搖頭。

「什麼攻擊對他都沒有用。要是被他纏上，你的優勢只有在第一次的突襲，必須用你的怪力和速度把他瞬間擊倒，然後就趕快逃走。否則他會一次又一次像殭屍那樣站起來，所以絕對不要有想要打贏他的念頭。」

我心中一凜，把鍾遠川所說的人跟那晚被夸特恩捏碎手掌的人連在一起。他手掌恢復的方式實在是令人印象深刻，只要看過一次就忘不了。不會錯的，再加上那張畫，我非常肯定就是那個人。

「別發呆啊。」鍾遠川又是一拳停在我的鼻尖，讓我嚇得閉上眼睛。「你的動態視力和反射神經也是完全不行。想要與影子使者戰鬥，你要受的訓練還多著。」

我們又練了兩個小時，在高速的攻防之下我開始有些吃不消變得氣喘吁吁，而鍾遠川看起來卻沒流什麼汗，大氣也不喘一下。我觀察他的動作，全是以極小的幅度進行迴避和攻擊。我也學習他的動作試著開始縮小攻擊的幅度，原本還拘泥在使用手肘和膝蓋，後來用印象中的拳擊姿勢開始攻擊，終於在一次連續的攻勢中擊中了鍾遠川。雖然被他用手臂硬是防了下來，但是他也被我那一拳打退了好幾步。

「我不是叫你不要用這種力道揮拳嗎？」鍾遠川甩甩手臂，不滿地皺起眉頭。「你的手沒事吧？」

我原本還在暗自高興，但是一低頭看到自己的手就知道鍾遠川說得沒錯。拳頭已經完全發麻，指關節紅了起來，脹痛感開始傳出。

「今天就到此為止。」他按壓腫起的部分，來回翻轉審視我的手之後說：「回去好好休息，用熱水泡一下就可以了，依照你的身體狀況應該一個晚上就會復元。明天中午我會再過來。」他說完話便轉身走進屋內。

「不留下來吃個飯嗎？」趙玄璺問。

「不了，我還要去監視那些傢伙的動向。」鍾遠川喝了些水，什麼東西也沒吃，拿起自己的外套就這樣離開。

小明始終沒有下樓，我很失望地和茉妮卡離開月樓。

如果要用一個字眼來形容現在的我，智障和白痴一定名列前矛。

「你還真是笨耶。」茉妮卡丟下這句話就氣鼓鼓地走進自己的住處。我則是悽涼地徒步回家。

暮綾姊在我進家門的時候看了我一眼，她穿著T恤趴在沙發上，占據了三人座，手指正啪拉啪啦地按著筆電鍵盤。事務所被炸掉之後，她每天都很清閒的樣子。

「你到哪去啦?早早出門這個時間才回來?」

「嗯……學校有些活動。」

「學校活動啊。如果要晚歸，記得打通電話給我，知道嗎?」

「知道了。」

我走進房間，換了衣服洗過澡之後馬上就撲向床鋪，身體有些疲勞，半睡半醒地想著小明的事情。

隔天我清早就抵達月樓，卻還是一直沒能見到小明。

「從昨天她就沒下過樓，而且……」

「而且……?」我吞了吞口水。

玄嚳哥抿抿嘴，一副欲言又止的表情。

「反正你不用擔心，晚點見到她你就會明白了。」

「這樣啊……」

我和鍾遠川開始繼續練習，前一天的訓練並沒有給身體帶來太多負擔，我適度地活動筋骨之後就開始和鍾遠川進行對練。途中的我思緒一直停留在小明身上，鍾遠川看出我的心思，一巴掌推在我胸口。我跌坐在地，不敢抬頭看鍾遠川，只能怨懟地看著泥土。

「如果你沒有心練，那就滾回去。」

我咬咬牙，爬起來繼續猛攻。

我們一直練到黃昏才停下。天空的顏色從橘紅逐漸轉為深紫，玉白的滿月占據了天空的一角緩緩升起。我們待在廚房內休息，等待時間來臨。鍾遠川一直待在桌旁，沒有要離開的意思，看來玄罌哥也和他溝通過了。

「時間差不多了。」趙玄罌站在窗邊，抬頭看著月亮。

腳步聲從頭頂處響起，褅明從二樓走下。我眼神游移地偷看她，然後慢慢將視線從腳上升，小明身上穿著寬鬆的運動衣，我的視線和她對上，她的眼眶附近有些浮腫，眼角還是紅紅的。

她那一頭長髮……不見了。

她的臉頰泛紅，原本長度及腰的頭髮被修剪得有些雜亂，有些部分亂亂地翹起，長度只比我略長一些，平順的瀏海也被剪得有稜有角，一看就知道是自己動刀的傑作。

玄罌哥兩唇微張，不知道該說些什麼。

小明站直了身子，雙手拍拍自己的臉頰。

「開始吧！」她大聲地宣告。

「呃……好吧。我們開始。」

「真的沒關係嗎？」小明的聲音又突然膽怯起來，兩手緊張地捏著說：「如果傷到你們……那我……」

「別擔心，總會有辦法的。」玄罌哥打開通往地下室的門，然後自己一個人向下走去。

小明朝著我走來，握起我的手，她的手指冰涼而濡濕。我發覺她身體微微發顫，動作也十分僵硬。

「對不起，我不應該說那些話……」

「該道歉的人是我才對。」她搖搖頭，「守人你也過得很辛苦，是我自己太笨了。為了對我自己負責，我要改變才行。」

「那也用不著剪掉頭髮啊……」

她微笑不語。

我愣愣地望著眼前的女孩，惋惜地看著她那一頭像是剛被技藝不佳的園藝匠修剪過的行道樹的亂髮。

她拉著我的手，和茉妮卡一起走入地下室。那個巨大金屬房間的中央擺著一張寬大的鐵床，四肢的位置用厚重的鎖鏈連接著拘束器。小明她微微闔眼，躺上那張鐵床，將自己的手腳移到拘束器的位置，然後玄罌哥再一一銬上。

「接下來呢？」茱妮卡有些彆扭地問。

這種景象只要是正常人看了都會皺起眉頭，將少女牢牢地鎖在鐵床上，不管怎麼說都是一種變態的行為，鎖人跟被鎖的之中一定至少有一方是不正常的。

「接下來只能等了。」趙玄罌沉重地說：「完全入夜之後小明就會睡著，然後就會開始了。」

「是嗎……」我始終沒有放開小明的手，她的手一直握得緊緊的，掌心變得又濕又滑。為了安撫她不安的情緒，我盡量和她說話，但是話題很快就用完了，周圍只剩下嗡嗡的空調聲。我在心中暗自呼喚夸特恩，它卻只給了我一個時候未到的訊息。

我們靜靜地等待，連多話的茱妮卡這時候也安靜下來，梅杜莎佇立在她身邊。玄罌哥則坐在一旁的地板上，用腳板規律地拍向地面發出清脆的聲響。不知不覺小明已經闔上眼睛睡著，細微的呼吸聲隨著她的胸膛起伏，而她的手依然沒有鬆開，像個小孩子似的緊抓不放。

大約三十分鐘之後，夸特恩從我身旁浮現，而小明的影子似乎也隨之而起。灰暗色的影子從她身後覆蓋而上，像是活物一樣爬滿全身，影子蓋過她的睡臉淹沒鼻尖，然後是一陣暴起，她的身體開始猛烈地顫動，像是癲癇患者一樣拉扯著拘束器，黑色的身軀誇張地弓起，撞擊著金屬床面。她的右手迅速膨脹，撐開拘束器開始變異成巨大的爪子，手腕不斷地掙扎著，但是依然捏著我的手掌不放。

我忍著她帶給我的壓捏，手掌傳來尖銳而粗糙的觸感，但我沒有鬆開手。巨人走到她的頭旁邊，伸出泛出金屬色澤的機械手掌，按住她已經失去輪廓布滿黑影的臉，臉龐上逐漸裂出一張面具般的鋸齒嘴巴，發出刺耳的尖嘯。茉妮卡忍不住捂起耳朵，緊張地看著被捆住的人形猛獸。

「不會被掙開吧？」茉妮卡有點害怕地問。

「這個狀態的話是不用擔心，但是如果完全變化的話，就只能趕快逃走了。」趙玄嚳回答。

夸特恩沒有說話，只是依然用手按著她的頭部，她逐漸變得安靜下來沒有繼續掙扎，身體原本平滑的黑影開始像是動物的毛髮般晃動起來，條狀的黑影像是草原般在她身上豎起。趙玄嚳看到這種變化突然退縮了一下，臉色變得很難看。

「竟然又變成這個樣子！明明已經逐漸能夠維持人形的。」他憤怒地捶著牆壁。

——她的精神狀態已經穩定住，接下來該由雪菲爾女士表現了。夸特恩的聲音傳進我們的腦海裡。

茉妮卡點了點頭，移動到我的對側，閉起眼睛。我感到有股磁吸般的力量吸附我的意識，那股力量先是輕輕地撫過，然後便突然攫住我，將我的意識緊緊拉扯，接下來我感覺到一陣恍惚。

我不知道該如何形容那種感覺，我明明看著茱妮卡，卻又同時看著我自己，我感覺到一個思緒正在對我說話，我好像和她共享了感官，意識驟然向外展開讓我陷入混亂。

——成功了！我聽見……或者是說感覺到茱妮卡興奮的聲音。

——接下來，與季小姐再進行一次連結吧。那是夸特恩的聲音。茱妮卡的目光移到小明黑暗的身軀上，這種不平衡感讓我頓時感覺有點頭暈。我感覺茱妮卡拉著我，像是在捏黏土一般，將我的意識變得集中而尖銳，快速地流入那黑影之中……

……那是一個五公尺見方大小的金屬盒子，季締明孤獨地蜷縮在角落，三面牆壁都是厚實的白色牆壁，唯獨其中一側開著無數的金屬柵欄。

一把黑色鑰匙落在房間中央，看起來與鐵柵上的鎖孔是成對的。季締明縮著身子，兩手環抱著她的腿，並將頭埋在其中。

她的身體因為恐懼而顫抖著，或許帶著憎恨的情緒也說不定。牢籠外傳來刺耳的刨抓，一頭龐大的影獸被關在柵欄之外，在陰暗的空間中行走。牠身體纖細，暗色的毛長長地流洩而下，不像是現實世界的任何野獸。

野獸的眼睛閃爍著陰鬱的綠色，長而尖銳的耳朵不時靈靈抖動，細長的喉頸震出低鳴，目光始終沒有離開季締明身上。牠四處游移徘徊，偶爾用那巨大的前足拍向牢籠，以強壯迅捷的身體撞擊。牢籠因為影獸的衝擊而隱隱震動，少女卻越加緊縮著身體。

她忍受著影獸的咆哮，想鼓起勇氣站起來卻總是做不到。好可怕、好可怕，為什麼牠要如此對待自己？為什麼要將她逼到這個地步？占據身體傷害了爸爸媽媽還不夠嗎？牠還想要傷害更多人？季禘明身體顫抖。

她突然感覺到有什麼東西穿透過來進入牢籠，是很溫暖很溫暖的東西。她暗中從手臂之間的縫隙窺視，看見一個十一、二歲的小男孩撿起了地上的黑色鑰匙。她認得那個小男孩，那是她記憶中的王守人，她嚇了一跳，驚訝地看著那個男孩，不明白為什麼他會出現在這裡。這裡是她最後的衛城，用來抵擋黑暗的堡壘，連那匹可怕的惡獸也無法入侵的地方，為什麼他可以這麼容易地出現在這裡呢？

那男孩抓起黑色的鑰匙走到季禘明面前。他拉起她的手，小小的手握住她的手指，臉色脹紅用了好大的力氣才將她的手拉開，守人將鑰匙放進她的掌心。「打開它。」他說。不行，那個怪物會衝進來的。她迷茫地拒絕。

她費了好大的力氣，一次又一次地搏鬥和抗拒，好不容易才將那頭野獸關起來，不可能再將牠放出來。

「妳必須打開它。」男孩堅定地看著她說：「被關在籠子裡的不是那頭怪物，而是妳！妳不是關住那頭怪物，而是把自己關起來，這樣子封閉住自己的心是沒有用的！」

男孩拉住她的手，試著將她拖離牆角。

她很害怕，甚至連手中的鑰匙都搖搖欲墜。

「站起來，」男孩握著她的手，體溫從他的手心傳過來，自己冰冷的顫抖好像被那股溫度壓抑過去。

「能夠面對牠的人只有妳自己，如果妳不面對的話還有誰能幫妳？」那男孩說出正論，那是自己內心的想法卻始終沒有勇氣面對，她總是孤伶伶地躲起來不願面對牠，季禘明咬著牙，藉著男孩的拉引站立起來。

影獸低吼了一聲，從牢籠外頭目不轉睛地看著拿在她手中的鑰匙。無助感似乎被眼前的男孩驅散，身體也不再發顫。

男孩牽著她走到柵欄旁的閘門，影獸則用盯住獵物的眼神看著他們。鑰匙前端喀嗒喀嗒地撞著鎖環發出冷冷的敲擊聲，她穩住抖動的手，將鑰匙插入鎖孔，輕輕轉動發出喀噹的聲音。鎖解開了，她連同鑰匙將整個鎖頭卸下。打開牢籠的門，阻隔著她和影獸的牢籠敞開。她走出門外，踏進那無垠的黑暗之中。

影獸發出低吼，齜牙咧嘴地盯著他們，而她握著男孩的手，內心已經不再恐懼。影獸繞著他們兩人不停轉圈，蓄勢待發，好像隨時都會撲上來。

「坐下……」

她輕緩地開口，眼睛盯著那頭棲息在自己心中的獸，不再退縮，直視著影獸蒼鬱的眼睛。她踏出一步，影獸停止了動作，警覺地看著她。

「坐下。」

她用命令的語氣說。

影獸突然縱身一躍朝她撲來，她反手一揮，阻擋了撲擊，以莫名之力將影獸擊退。

「坐下！」

斥喝的同時用腳跺了地面，整個黑暗空間隨之晃動，這裡是「我」的世界而不是這隻獸的。影獸被她的舉動震懾住，安靜地坐在原地。她一步步走向影獸，越接近獸，牠的身體似乎就縮小一些，她赫然發覺自己的恐懼是多麼的無謂。

她看了看腳下，影獸原本巨大的身軀現在已經縮小到一隻貓咪的大小，安靜地貼著她的腳踝四周用身上的皮毛摩擦著，用赤紅的小巧舌尖舔著她的腳跟。空間以她的腳底為中心，光向四周擴展驅散黑暗，等到她發覺時，那男孩已經消失無蹤，手心的溫度卻沒有隨之消失……

ch4.

破碎的過去

滿盈的銀色月光穿透蒼穹輝灑而下，稀疏的薄雲完全無法遮蔽它的熠熠光芒。因摩陀獨身站在高聳的電波塔之上，在夜色中與漆黑的塔身幾乎融為一體。他眺望遠方座落在住宅區邊緣的喫茶館，掃視過周邊環境之後將視力集中在它螢螢發亮的招牌上頭，這對他來說並非難事，只要大幅改變水晶體和角膜的構造就可以將視能提升到望遠鏡的程度。

他切換焦距。

月樓，他滿中意這個名字。

那不起眼的喫茶館底下竟然聚集了五名影子使者，其中三個正發出強烈的能量波動，其中兩人身邊帶著意識型的影子，發出的能量都十分強大，而那個正強烈吸引著因摩陀的附身型隱含著狂暴的力量，即使相隔數公里，他都能感受到那股力量的強大。

他發現他笑了起來，已經不知道多少年沒有遇到其他附身型使者。不是遭遇影吞而被各種組織追擊驅殺而死，就是因為害怕而隱蓋住自己的力量。他很訝異，如此強大的附身型使者竟然能夠活到現在，一定有什麼人在庇護他。

因摩陀認出一人是那天跟蹤他回到居所的影子使者，他散發出的能量很小，卻好像鋼鐵般堅硬，而其中一股巨大的能量則是他在診所中遇見的那個少年。他發出的能量比上次他們見面時大得多，看來是正在使用能力壓抑著附身型使者的能量，另一股力量則將他們三人串聯起來。

他瞬間就明白他們在做什麼。他咯咯笑著，沒想到這個世界上還存在著像他一樣愚蠢的傢伙。他感到附身型使者身上的力量逐漸穩定下來，好奇心迅速膨漲，他非常想知道這些人到底是用什麼方法抑制住附身型使者的失控。他忍住一探究竟的衝動，從電波塔頂端落下，慢慢地走回自己的居所。

因摩陀，那個全身裝滿齒輪的機關巨人的確是這麼稱呼他，他很滿意這個名字。自從數十年前的那次戰鬥讓他忘卻了自己的名字之後，他花了無數的時間想查出自己的身分，卻徒勞無功，於是他放棄尋找自己的名字。

那根本不重要。

沁涼的夏夜空氣吸入肺中，月光的照射讓他感到通體舒暢，滿溢的暗能量散布在空氣之中。好久沒有在這樣的夜晚中散步了，他心想。

自己覺醒的那天晚上，似乎也是籠罩在這樣的月光下。他倒臥在戰場上，身旁是無數的屍體，空氣中充斥著血肉的腥味、內臟和屎尿的臭味。他已經數不清楚他到底被多少具屍體掩埋住，他身負重傷，全身都動彈不得，他知道自己就要這樣死去了。

這輩子他再也忘不掉那個感覺，就算連名字都遺忘了也沒辦法忘掉。

屍體上的陰暗像蛆蟲一樣蠕動著，爬滿他的身體，鑽進他的傷口，他不再感到寒冷，身體停止顫抖，彷佛一切的痛苦都被那蛆蟲啃噬掉。他推開壓在身上的同袍屍體，站立在那已經寧靜的修羅場之上，月光被浸染在他眼中的血染紅。身體的創口已經完全復原，宛如新生一般充滿力量，他知道有某種東西潛伏在他的體內，但是他不在乎。他尋找著戰場上遺留下來的各種武器和裝備，最後靠著一把破爛不堪的劍換來旅費回到故鄉與家人團聚，他又見到了自己的妻子，與她安靜的生活，然後他發現自己不會老去，在妻子生病死去之後他帶著妻子的遺物離開故鄉和長大成人的孩子們四處流浪，為了生活開始從軍，從一個送死的步兵開始，在戰場上屢屢死去、又屢屢復生，刀劍砍下的痛楚讓身體逐漸麻木。他被騎兵踐踏、被刀劍斬殺、被箭矢穿透，軀體變得破碎不堪，影子逐漸吞食他，占據他身體的各個部分，四肢也好內臟也好，就連頭腦也不知道有多少是真正的肉身。他早已忘記自己以前的容貌，畢竟連鏡子他都沒見過幾回，但現在的長相一定與他出生時的那具肉體大不相同，在無數次的肉體重組之後，妻子和孩子的臉在他殘破的記憶中已經變得模糊不堪。

他愕然驚覺自己幾乎已經不能算是一個人類。

意識到這件事之後，他開始感到恐懼，影吞也隨之發生。他沒辦法完全控制自己的身體，經常在一個地方睡著、在另一處醒來，然後症狀越來越嚴重，入夜之後身體就不聽使喚地動了起來，他知道潛藏在身體裡的那個怪物開始在夜晚獵殺某些特異的人類，那些人會召喚出一些奇妙的物品或者動物，其中也有不像世間之物的怪物，而另一個他狂暴地將他們一一殺死，他將身體硬化抵禦攻擊，以手為刃輕鬆地將他們切碎，沒有人可以勝過他。自己的意志逐漸縮小，他開始在白晝意識恍惚，他開始喝酒試圖麻痺自己。隨著時代更迭，戰場上的殺人武器逐漸從刀劍弓矢變成槍砲彈藥，他開始被戰車輾壓、被槍彈貫穿、被砲火轟炸，然後他與影子展開那宿命性的爭奪身體的戰鬥。最終他吞噬掉了自己的影子，就像自己的肉體被影子吞噬侵蝕掉一般，他壓制他，切碎他，然後逐漸取而代之。他拿回自己的身體，但那具身體卻已經不是原本的他了。肉體已經有九成以上都由影子構成，只剩下一小部分的骨骼、血液、肌肉內臟零零碎碎的在體內運作著。

唯一不變的是他一直帶在身邊的妻子遺物，那一塊金屬墜飾已經布滿氧化和戰爭的痕跡，不管他遭到什麼樣的攻擊，重新復活之後那塊墜飾總是安穩地躺在他的胸口。

他知道自己已經不能算是人類。

他四處漂泊，從歐洲大陸乘上冒險的船帆到了美洲大陸，他踏上那片繁榮而充滿希望的土地，進入地下組織中從事著各種見不得人的罪行，他知道自己不應該做這些事情，但是為了繼續在這片土地上活動，他非這麼做不可。在某次殺戮之後，他走入一棟由教堂改建而成，充滿修道氣息的圖書館，他扭曲起不知多久沒有笑過的嘴角，禮貌地向館員詢問著各種藏書的地點。他拿了一大堆資料和典籍，整天屈在圖書館內研究，最後發現使他覺醒的那次戰役在任何史書上都查不到。

他啞然失笑，然後悲慟地號泣。

他發現自己開始能夠感知到其他使者的存在，而他們卻對他渾然不覺，他看到有些能夠看見影子卻沒有能力的人類被恨意驅動開始狙殺影子使者，他們自稱為殺影者，大多是在影子使者的襲擊下倖存的人類。他看到同樣身為影子使者的同胞開始自相殘殺，然後他明白了自己存在的意義。他暗中參與他所能觸及的任何使者間的戰鬥然後記錄下來，當然偶爾也被捲入戰鬥或者被獵殺，但是他理所當然地活了下來。他觀察到那些和他相同的附身型使者在與影子爭鬥中精神變得崩潰後造成了幾次屠殺，他們的靈魂都在影吞中敗下陣來，身體變成可怕的怪物，然後被其他使者消滅。

他感到憤怒，那股怒氣逐漸轉化成疑惑。

影子使者到底是什麼東西？

他躲藏起來，閱讀大量的書籍；哲學、科學、文學、史學、神學。他沉浸在人類千年來的智慧之中試圖找到答案。

但卻沒有答案。

他看盡了人類的美好與醜惡，然後逐漸變得瘋狂。

於是因摩陀開始實行他的計畫。

讓所有人類都昇華成影子使者的計畫。

他轉回思緒，停下腳步，發現居所門口停著一輛大車，那是他的同伴的車。他走進那黑暗的倉庫裡頭，史賓森．麥爾和科靈．威爾斯在黑暗中等他。科靈的臉已經變成一場華麗的悲劇，上頭纏滿厚重並沾滿藥水的繃帶，有些地方滲出黑色的血塊，但那對眼睛依然是瘋狂的。

一個病態的男人動也不動地站在科靈身邊，眼睛充滿血絲，無神而呆滯。他的身上沒有任何力量。

「你們進行得如何？」他對他們的出現感到訝異，科靈的傷讓他了解到一定發生了什麼事情。

「我們遇到麻煩了。」科靈冷冷地開口：「有人襲擊我，是針對那些藥而來的。」因為口腔的傷口，他說的話幾乎糊成一團。

「是那些黑道？」因摩陀皺眉，就算科靈的戰鬥力不強，也不至於被普通人打成這樣。

「是影子使者，但是我想跟那些黑道有關。」史賓森說：「他的力量很強，只是太大意了。」

「你殺了他？」相較於科靈，史賓森的戰鬥力就傑出許多，一般的使者根本就不是他的對手，能得到這種評價，看來的確不是普通的能力者。

「被他的同伴救走了。」

能夠逃出史賓森的追擊，看來那兩個使者也不是泛泛之輩，他沒想到這個城鎮上竟然聚集了這麼多的影子使者。他沒有在美洲大陸進行計畫就是因為怕遭到各個勢力的干擾，如今倒是有些失策。他看向科靈，這個男人的能力非常有意思，能夠具現出各種藥物並且活用，甚至連不存在的藥物也能夠具現。

因摩陀逐漸習慣自己的狀態之後，他對於影子的理解更深了一層，他發覺自己的身體不僅可以構成肉體，在他的知識逐漸發展之後，他可以將自己的身體重新構成，能夠變化身體的型態，將身體變得像鋼鐵般堅固、像水一樣流動，甚至散成氣體隨風飄移。他運用自己的知識與科靈的能力，好不容易才讓科靈理解並且製造出能夠誘發出潛藏能力的幻想藥物——覺醒。他們散播「覺醒」，那藥丸就像黑金一樣換來大量的金錢，沾染上的人們無不為之瘋狂，可惜科靈能一次具現的數量有限。

「一直沒有出現第二個覺醒者嗎？」

科靈的眼神透露的答案讓他知道是個壞消息，他感到有些氣餒。他們來到這個國家已經一個月左右，散播「覺醒」也有兩三個禮拜的時間，成功覺醒的人卻只有一個，而且精神上還出現了巨大的缺陷，像個瘋子一樣四處殺人放火。而其他服用「覺醒」的人都只達到了淺覺醒的狀態。

因摩陀很失望，他知道「覺醒」的威力絕對不只如此，那麼可能的情況就只剩下一種。他在心中盤算一下，然後想起那個強大的附身型使者。

在他長年以來的實驗中曾經實行過這個方法，但是最後卻以失敗告終。

他在旅途中好不容易與一個尚未崩壞的附身型使者相遇，他幫助她控制住身體內的黑影，在其他使者圍殺過來的時候成為她的盾牌，他守護著她，就像農夫守護著精心栽培出的甜美果實一樣。

他們躲藏起來一起生活，那是一段美好而平和的日子，他知道她愛上他。

在一天夜裡，他忍受不住自己的慾望，撕開她的胸口，開啟了一個洞。

巨大的暗能量從她的胸口竄流而出，能量充斥在空間中，彷彿每次呼吸都能夠吸入能量，無數的使者被暗能量吸引過來。他看見她倒在地上，臉上充滿驚愕，能量在她完全死去之後便不再流動，而那洞口也隨之關閉。他知道自己做錯了，他不夠有耐心，應該讓影子占據她的身體之後再打開洞。因摩陀將這次的失敗銘記在心，然後逃離了他們的住所。

在那之後，他又試過無數的方法，他在同為附身型使者的自己身上進行各種殘酷的實驗，那對他來說不過是小兒科，為了彌補自己的過失，他必須確保一個安全的步驟。但是身為一個能力者而言，他自己並非一個好的實驗對象。

他連想在自己身上開個洞都做不到。

「那個人是怎麼回事？」他瞟向科靈身旁的男子。

「是個淺覺醒者。」科靈恨恨地說。「他們全都對我唯命是從，我讓他們幫我販賣『覺醒』以免行蹤走漏，順便可以對付那些黑道集團，卻沒想到還是有人知道我的消息。」

那人的表情完全無緒，眼神空洞得像是失去了靈魂。

「暫時別管那兩個人了，」因摩陀移開視線說：「我有另外一個想法。」

科靈眼神閃爍了一下，而史賓森則是聳聳肩。

「全聽你的。」科靈說。

「我認為不是科靈的藥沒有效，或許只是缺少了一些媒介，可能是這個城市的暗能量濃度還不足以讓人覺醒，除了一些比較有天賦的人之外。」科靈的藥至少產生了一個覺醒者，這證明他的想法並沒有錯。

「那要怎麼辦？」

「我有個辦法，不過需要你們的協助。」他又看了那個人偶般的男人一眼。「你說他們全聽你的？」

「只要持續吃我的藥，不管是誰都會聽我的。」

「非常好，你一次能叫得動多少人？」

「理論上多少人都沒問題，只是你也知道我的能力有限。」科靈想了一下。「一次頂多十幾個吧？」

「夠了，你需要多少時間準備？」

「今天晚上傳個消息召集，加上具現藥的時間，我想大概也要等到明天晚上，入夜之後藥效也會比較好。」

「你盡快去辦，明晚我們就開始行動。」

他讓史賓森去護衛科靈，以免又出什麼亂子。那兩個襲擊科靈的使者突然出現有些讓他意外，不過應該還不至於影響他的計畫。

因摩陀最擔心的還是那個少年身旁的機關巨人。

他注視著黑暗，開始在腦中推演棋局。

該是發出宣戰布告的時候了。

ch5.

開戰的宣告

褯明身上浮起的黑色毛髮漸漸消退，影子變得平順。她的身體不再掙扎，安穩地躺在床上，右手的爪子看起來縮小了點，也不再那麼銳利。我的意識逐漸被痛覺抽離回來，因為一直被她捏著，我的手現在痛得要命，感覺骨頭都散了。

茉妮卡深深地呼了口氣，十分疲憊地笑了笑。

「應該沒事了……吧。」她有點不太確定地說。

原本占據著褯明臉部的血盆大口已經消失了，現在她的臉覆蓋著黑色的薄膜，露出臉型的輪廓，兩道白色細線在眼睛的位置劃開，像是剛睡醒般眨了眨，不像我之前看見的野獸般的眼睛圖騰，而是細緻的人眼形狀。帶狀的影子貼服在她小巧的頭上，像是頭髮般披散開來，一雙耳朵從她的頭部兩側豎起。

她擺動四肢，卻發現拘束器還牢固地鎖著讓她動彈不得，玄罌哥急忙過來解開它們，然後她以那恢復成女性身體的影子姿態坐起來。她伸出手，有些茫然地看著自己的爪子和身體，然後有些扭捏地離開床面。

「真的成功了……」玄罌哥瞪大眼睛看著小明的姿態，我看見他的眼眶似乎也有些泛紅。

一道微小的黑口在她嘴巴的位置裂開，然後發出咿咿呀呀嬰兒般的聲音，她急忙用手遮住，動作完全就是個女孩子。

玄罌哥高興地大笑起來，衝過來摟著我們的肩膀，然後茉妮卡也一邊大叫不公平一邊用力地撲過來，小明發出咯咯的微弱笑聲，臉上的圖騰狀眼睛也隨著改變形狀，變成不知道是哭是笑的微妙表情。

等我注意到的時候，夸特恩已經不知不覺地消失了。我在心中悄悄向它道謝，我知道它給了我一個信息，卻不知道那是什麼意思。

小明開口發出嚶嚶的聲音，卻怎麼樣都沒辦法說話。

「別急，妳還沒習慣這個模樣呢。」玄翆哥摸摸她的頭。「先變回來吧，以後有得是時間慢慢練習。」

我們讓出一個空間給小明，我看著她身上的影子從深不見底的黑變成淡淡的灰色，她的臉龐從灰暗的影子中出現，露出那頭雜亂的頭髮，然後影子從頭到腳逐漸消退，最後全部化入腳底。

她始終沒有鬆開我的手，直到身上的影子完全褪去，我們還是彼此緊握著。

輕閉著的雙眼已經積著斗大的淚珠，在她睜開眼的瞬間滑落而下，啪嗒啪嗒地滴落。

「對不起……對不起……」她喃喃地說，然後終於抬起頭來看著我，她抓著我的手，拚命地用手背拭淚。

「明明是這麼簡單的事，我卻一直不敢面對……」她彷彿全身失去力氣般跪倒在地，大聲地哭了出來。那哭聲裡面帶著喜悅，同時也帶著悔恨。我明白小明在恨自己一味的恐懼拖累了許多人，她哽咽地不斷說著、哭著。

玄罌哥拍拍我的肩膀，悄悄對我說：「讓她痛快地哭一會吧，她已經很久沒有這樣發洩情緒了。我上去準備一點吃的，你們在這裡陪她好嗎？」

我點頭答應，他悄悄離開，留下我們三個人待在這小房間裡。

我把小明扶起來，讓她坐在鐵床上，茉妮卡靠在牆邊看起來一副快睡著的樣子。

小明哭了一陣子，情緒逐漸緩和下來，兩眼哭得緋紅。冷靜下來之後她顯得很害羞，低下頭偷偷瞄著茉妮卡。「茉妮卡小姐……我真的很對不起妳……」她說。

茉妮卡愣了一下，「幹嘛跟我說對不起？」她疑惑地說。

「我之前那樣對妳，妳還願意這樣幫我……」小明露出愧疚的表情。

茉妮卡用莫名奇妙的表情看我，雖然我不知道小明到底是對她做了什麼，不過這個人的神經向來是挺大條的，她會完全沒注意到小明對她的敵意老實說也沒什麼好意外。我對她使了使眼色，讓她配合一下。

茉妮卡會過意，摟著小明，輕輕地撫著她的頭。「我完全不介意唷，你們大家都對我很親切，都是很好的人喔。」

「謝謝……」茉妮卡的話讓總算讓小明露出笑容。她抹了抹臉上的淚痕，心情看起來放鬆了不少。

一個轉身，她正好對上我的眼睛。

「謝謝你。」

她垂下眼睛，聲音有些羞怯。

其實我根本是個跑龍套的，除了供應夸特恩能源之外什麼也沒做，被她這麼一謝連我自己也有點害羞。

飢餓的咕嚕聲突然從茉妮卡身上發出來，我忍不住噗嗤一笑。

「啊，害你們都沒吃飯，你們一定都肚子餓了吧？」小明說。

「哎嘿嘿……」茉妮卡扶著肚子，尷尬地笑了起來。

我們走上樓，食物的味道馬上撲鼻而來。餐桌上已經擺了幾道簡單的菜色，趙玄嚳和鍾遠川面對面坐著，兩人的表情都有些凝重，氣氛詭異。趙玄嚳看見我們上來，口氣僵硬地招呼我們。

他讓我們坐下來，默默地幫我們準備碗筷，鍾遠川不耐地皺起眉頭，目光在我們三人身上輪番掃視。他接過我傳過去的飯碗，不客氣地率先吃起來。我們就這樣沉悶地吃著飯，原先有些歡愉的氣氛現在已經跌到谷底。

「解決了個麻煩是很好，但是你們可別太鬆懈了。」鍾遠川迅速地扒完飯，對我們宣告：「那些傢伙可還待在這個地方。」他放下碗筷，掃視了我們一眼之後，順順身上的西裝起身離開。

「你們……吵架了嗎？」我向趙玄嚳問道。

「也不算吵架，只是彼此意見有點不同。你們快吃吧，菜都涼了。」

茉妮卡喀啦喀啦地猛吃，明明還不太會拿筷子吃飯的速度卻快得嚇人，看得出來她真的很餓。我同樣沒有客氣，經過整個下午的折騰和小明的事，我現在也餓得要命。趙玄嚳的廚藝很不錯，加上飢餓這個上帝賜與的完美調味料之後，桌上的菜很快地就被我們一掃而空。

收拾完桌面之後茉妮卡已經睡倒在桌上，小明也露出睏意，趙玄嚳催促她先去休息。她朝著我眨眨眼，有些不捨地上樓。

好不容易把茉妮卡逼醒之後，我負起把睡眼惺忪的茉妮卡送回家的責任。趙玄嚳送我們到門口。

「今天謝謝你們的協助。」他對我說。

「沒什麼，就算你不要我幫忙，我也會雞婆的自己跑來的。」我攙著已經半倒在我身上的茉妮卡，回頭對他說：「因為是我的家人啊。」

「因為是你的家人嗎……」趙玄嚳瞇細眼睛，略帶深意地笑著。

我的臉已經紅到耳根。

他拍拍我的肩膀要我好好加油，然後我跟他道別。

我攙著茉妮卡搖搖晃晃地走到她的公寓，幸好距離非常近而且在路上閒晃的人也不多，不然攙著這麼一個金髮外國女僕，怎麼看都很可疑。好不容易將她送進家裡之後我跟昏昏欲睡的茉妮卡道別，回到家沖個澡就早早睡了。

隔天我回到久違的學校上課。班上的人走進教室時都突然變得安靜，休息了一整個禮拜不免有些異樣的眼光投射過來，我坐在自己的位子上有些尷尬地笑笑。不久後小明也進入教室，表情有點彆扭。她戴著眼鏡，頭髮看起來被重新修剪過，變得比較平順整齊，不過長度也變得更短，像是小動物的毛髮一樣蓬鬆。

比起我返回學校，她的樣子更加引人注目，我聽見同學們議論紛紛的聲音，他們盯著小明看，好像認不出她似的。直到小明走到我眼前的位子坐下，他們才放低音量。有些人仍然盯著我們這邊瞧。

我伸出手指點了點小明的肩膀，她僵直地挺起身體。轉過頭露出不知所措的樣子。

「怎麼緊張成這樣。」我問她。

「我……你覺得還要裝成以前那個樣子嗎？」她吞吞吐吐地說。

她以前的確總是一副酷酷的表情，跟她講話也是愛理不理，除了必要的對話之外就不太說話，因此被排擠得很嚴重。畢竟她長得漂亮成績也很好，那樣冷漠的態度很快就在同儕之間黑掉了。

現在她戴著厚重的眼鏡，頭髮又剪短那麼多，大家應該都在猜測她怎麼會突然出現這麼大的轉變。

坐在附近的同學看到她竟然回頭跟我說話也有些驚訝，有幾個人還在一旁盯著我們竊竊私語，完全沒在顧慮。

「作妳自己就好了，不用勉強。」我說。

「嗯……」

「是說妳怎麼突然又戴回眼鏡啦？之前不是都戴隱形眼鏡嗎？」

「你看我哭成那樣，現在竟然還問我這種問題。」她白了我一眼。

或許是因為和我說話的緣故，她的表情變得比較放鬆了些。她轉過去從書包裡拿出一本筆記交給我，我翻開看了一下，裡面寫滿了兩三天份的課程筆記，我看了不禁有些感動，她還是很在意我的。

「謝謝！」我滿懷感激地在內心下跪！

「這些是接在上次我給你的筆記後面的。」她的臉又染上紅暈，「那時候我還對你發脾氣……」

「沒關係啦，妳不提那件事我都快忘了。」我喜孜孜地收下筆記，拿出第一堂課的課本。第一堂是導師課，她快速地瞄了我一眼。

「身體沒事了吧？王守人。」

「沒事了。」

「課業落後的部分要想辦法補上，不懂的盡量問知道嗎？」

「知道了。」

啊啊，被全班同學盯著看的感覺真的很差，差勁透頂，現在我完全能夠體會想挖個洞躲起來的心情。導師翻到上回的進度開始上課，那些視線轉到黑板上讓我鬆了口氣。

因為隔了一整週的課程，教學內容像是天書一樣完全看不懂，看來只能靠小明的筆記找時間惡補起來，不過我應該也不是那麼認真的人就是。

午休的時候，我本來準備到福利社去買午餐吃，小明卻拿出一個便當給我。

「這是妳作的？」我打開便當，裡面的菜色精緻到難以置信。

「是……玄罌哥作的……」

我看著她害羞的樣子，忍不住笑起來。

「有什麼好笑的？」她皺起眉頭說：「玄罌哥的手藝比較好嘛……」

「我還是比較想吃妳親手作的便當呢。」我故意說。

「……下次我來做就是了嘛。」她像以前那樣鼓起臉頰小聲地說。

「我很期待噢。」聽到我的話她害羞地縮了一下。

我拿起筷子準備大快朵頤，有個女孩子卻突然走到我們的座位旁。我記得她應該是班上的幹部，至於是什麼職稱我倒是不記得了。她拿著筆記，臉上有些苦惱。看到有人接近，小明的臉又僵了起來。

「那個……這麼說好像有點突然，不過我可以問你們一個問題嘛？是上課的習題。」她指著筆記上的一個數學習題。

我連題目都看不懂了……那位同學雖然是對著我說，不過很明顯是要問小明的。

「你應該是要問她吧。」我指著小明說。

「是啊，不過季同學以前都不怎麼理人，看到你們突然坐在一起吃飯還讓我滿訝異的。」她突然湊到我耳邊。

「你還是問本人吧。」

「說得也是呢，」她轉頭看著小明，「季同學妳可以教我解這題嗎？」把筆記攤到桌上，對著小明問。

「嗯……我看看。」小明猶豫了一下才回答，她看了看題目，露出恍然大悟的表情，然後用我完全無法理解的數學用詞開始教學起來，有幾個在旁邊觀望的女孩子也湊過來開始熱烈的發問，連便當裡頭的菜色都開始吹捧。小明慌張地回答各種問題，說話變得結結巴巴。

其實我也相當樂見她能夠開始跟其他同學互動，畢竟她跟我不一樣，只是勉強自己裝出那副冷漠的樣子。和我這種孤僻慣了的人不同。我轉過去專心吃著我的便當，突然看到一個麻煩人物正站在走廊外頭。

李彥丞出現在二年級的教室層自然引發了不小的騷動，他在對面的教室門口探頭探腦不知道在找誰，然後走到我們的教室後門四處張望。他的視線在每個人身上都巡過一遍，接著目光落到我身上。

「總算找到你了！」他大聲地喊：「我找你找得好辛苦啊。」

班上的人光是看到他就怕得要命，沒人想到他會突然走進教室來，大多數人都自動退開離得遠遠的，大概都以為他是要來鬧事。

他走到我旁邊的位置大搖大擺地坐下，本來圍在小明身旁的女同學們全都嚇得花容失色，躲的躲逃的逃，連那位幹部看到他也是臉色鐵青。

「學長到我們班上來有什麼事嗎？」那位女幹部看起來鼓足了勇氣，好不容易才說出這句話。李彥丞只不過抬頭瞪了她一眼，她好不容易累積起來的勇氣值馬上被消除得一乾二淨。

「我找他有事，妳有什麼意見嗎？」他用下巴非常沒禮貌地指著我，呲牙裂嘴地說。

「沒、沒有……」她嚇得退開好幾步。

小明帶著十足的敵意，用力地瞪著他，眼裡的電漿火焰都像是隨時會噴出來似的熊熊燃燒著。

「找我幹嘛？」我放下手中的便當，沒好氣地說。

「嘖，你有沒有意思，」他猛然把身子湊過來神祕兮兮地說：「跟我合作？」

「跟你合作？」

「我遇到一個很難纏的傢伙，想找人幫忙，」他一臉不爽，語調裡滿是不服氣。「那個傢伙簡直就不是人。」

「不可能！」小明激動地拍了桌子，站起來的力道把身後的桌子都撞歪了。

「我又不是在跟妳說話，插嘴個屁啊。」李彥丞也不甘示弱地推開桌子站起來，兩人身旁的乙太粒子開始劈啪作響——突然出現了無關的設定，不過我暫時只想得出這種形容法。

「妳這女人是想現在打一場嗎？」李彥丞腳下的影子開始騷動著。

小明憤怒地抽動嘴角，咬牙切齒地看著李彥丞。

「你們兩個冷靜點好嗎。」眼看氣氛越來越不妙，我趕緊站到他們之間。

李彥丞呿了一聲，看了看四周的學生。

那個女幹部好像跑去通報老師了。

「要是我解決不了他們的話，早晚你們也會被捲進來的。」他警告似地說著，然後轉身準備離開。

「等一下，」我出聲叫住他：「那晚謝謝你救了我。」

「要謝就去謝那個金髮女吧，是她出錢僱我的，不然我才懶得理你的死活。」他沒好氣地說完，像陣颱風般離開教室，附近的學生紛紛避開他的行進路線。

等到那位女生帶著導師過來，李彥丞早就跑了，我隨便搪塞了導師幾句表示只是有點小誤會，看到沒什麼事發生，她也只告誡我別跟那種不良少年攪在一起就離開了。

我看著旁邊的同學，原本那些對我跟小明還抱著好奇心的同學現在都已經嚇得不敢再靠近我們，連那個幹部也沒有再與小明交談。我嘆了口氣，好不容易建立起來的校園物語氛圍都被李彥丞的突入給破壞殆盡。小明心中的怒氣完全表現在臉上，她從小一鬧起彆扭來就難應付得要命，我很識相地沒多說話。

放學時我陪她一起回家，雖然需要繞點路，不過月樓離學校很近所以也不需要花多少時間。我主動牽起她的手，然後一起走出校舍。

「喂——守人——好久不見啦。」楊冀一身籃球服，從球場上朝著我跑過來。他看見我牽著小明，露出非常不可思議的表情。

他看看我，又看看小明。

「才一個禮拜不見，你、你這傢伙就離我而去了嗎……」他哀怨地說著。

「你在說什麼東西啊……」

他愁苦地看著我身旁的女孩，然後把我拖到旁邊。

「她該不會是你的這個吧？」他顫抖地伸出小指。

「……呃……應該是吧……」我有點沒把握地說，雖然我向小明告白了，但是現在回想起來總覺得好像有點趁虛而入。

「我跟守人，是家人噢。」小明的聲音突然從後面傳來。

「不會吧，一對男女已經成為家人的意思不就是……」他抓著我的肩膀：「難道說……你們已經結婚了……嗎？」

「你完全誤會了。」我向他的腹部輕輕地捶了一拳，他發出嗚喔喔的慘叫聲後扶著肚子跪倒在地，這傢伙的演技完全就是諧星等級。

「你這傢伙下手也太重了吧……」看他痛得眼淚都快飆出來，我才突然想起我的輕輕一捶已經不是正常的力道了。我慌張地趕緊把他扶起來，他還誇張地怪叫了幾聲。小明看著我們的互動也忍不住咯咯發笑。

「啊，仔細一看，她不就是你之前提過的那個青梅竹馬嗎？」

是啊是啊，你總算是認出來了。

「怎麼突然剪頭髮啦？你們倆總算和好了，真是可喜可賀。」他對小明說：「我跟守人一年級的時候同班，照顧了他不少喔。」真是有夠不要臉。

「你好，我叫季褅明。」小明向他點點頭。

「妳好妳好，我叫楊冀。」他抓抓頭回應小明，然後轉過頭來問我說：「不過這一個禮拜你到底是怎麼啦？我只打聽到你身體不舒服，請了整個禮拜的假？」

「呃，急性腸胃炎啦。好像是吃到臭掉的東西。」我胡謅了個藉口含混過去。

「原來是這樣，還真像你會作的事。」

「不用你吐槽！」

「好啦，我不打擾你們倆親熱了，回去練習囉。」他向我們倆揮揮手，馬上又跑回到球場上。他接過隊友的傳球，精妙地帶球上籃。

「好像是個很有趣的人呢。」小明說。

「的確沒錯，」我笑著說：「我們回去吧。」

這次她主動牽起我的手，露出比夕陽更加耀眼的燦爛笑容。

離開學校之後，我們朝著月樓的方向走去，小明帶我走進一條僻靜的小道，沿著街廓邊緣繞過學校旁的住宅區，剛好遇其他學生的放學路徑方向相反，連經過的車輛也不太多。

「我平常都走這條路線上學，沒什麼人又很安靜。」

我們默默地走著，路旁的空地上野草被夏日曬得枯槁泛黃，風一吹就沙沙作響。雲層開始迅速地移動，一大片烏雲出現在天空角落，空氣中也帶著水的氣味。

那個男人出現在我們的對面，沿著人行道逆向朝著我們走過來，我遠遠地認出他，牽著小明的手不經意地出力。

「怎麼了？」她不解地看著我，然後注意到那人的身影。

「那個人……是使者！」她說。

「……我想他就是鍾遠川所說的那個人吧。」

「你怎麼知道？」

「我在住院的時候見過他……他是去找那個炸彈魔的。」我解釋。

「這種事怎麼之前都沒聽你提過？」她警覺地向後方看去，「後面又來了一個人……」

我跟著轉頭一看，一個高大的黑人跟在我們後方不遠處，漸漸朝我們包圍過來。

「怎麼辦？」

「先看看情況，如果他們想動手，不會這樣子慢慢來的。」

轉眼間那男人已經來到我們面前，他依然是那副死人臉，膚色在日光的照射下變得更蒼白，光是與他視線交錯就令人感到不寒而慄，小明用力地抓著我的手，手心緊張得發熱。

——夸特恩！我祈禱著，希望它會理我。

——在。

我鬆了口氣，有它在我就安心多了。

——你有什麼對策嗎？

——照你的看法靜觀其變吧，有必要的話我會出手的。

「我們又見面了，少年。」因摩陀露出他那詭異的笑臉說：「這次不召喚你的影子嗎？我對那個巨人實在很感興趣啊。」

他的眼睛瞟向我身旁的女孩。

「這位是……」

「不用你管！你有什麼事嗎？」我護住小明，那黑人男子保持著距離站在我們後面。

因摩陀擺擺手：「別這麼兇嘛，我只是有事想跟你談談。」

「可以把她交給我嗎？」他指向小明。

我狐疑地看著他。

「少開玩笑了！」我大吼。

「這可不是玩笑，少年。」他作做的笑容從臉上消失。「我需要那個女孩子，如果可以和平解決的話我也不想跟你戰鬥，只要你乖乖把她交給我就行了，我保證不會傷害任何人。」

「你……你要她幹什麼？」

他咧開笑容。

「我想要在她身上開個洞啊，哈哈哈哈。」

這個傢伙是瘋子，絕對不會錯的。我抓緊小明，如果要逃走的話我還是有點自信的。

「我的計畫遇到一點困難，所以必須要用一個媒介來開啟通往『那邊』的洞，如果你願意合作就好了，某種程度上我也是個和平主義者啊，不必要的戰鬥我也不想打呢。」

「通往那邊的洞？那是什麼意思？」

「這很難解釋清楚，如果你想知道的話，我可以讓你全程參觀噢。」

「你打開那個洞要做什麼？」

「讓這個世界的人就能夠變成影子使者啊。至於那個女孩子，嗯，大概會死吧。」

我以為我會生氣到忍不住撲過去揍他兩拳，似乎是夸特恩的能力在運作，此刻我的精神異常地冷靜。

「我拒絕。」

「這樣啊，那麼本人的回應又是什麼呢？如果妳願意跟我走，其他人都可以好好活著噢。」

小明很明顯地動搖了一下。

「別聽他的！」我伸手擋在兩人之間。

「為什麼不能聽我的呢？照我說的話作對大家都好啊。」

「什麼對大家都好……小明會死的話到底是哪裡好了！」

「總比你們全部死掉好吧。」他語帶威脅地望向小明。

我憤怒地揮動拳頭，卻被他輕鬆閃開。

「你敢再接近小明的話我就殺了你！」

「嘿……竟然要殺了我啊……」那男人嗤嗤笑著，突然鼓起掌來。「這點我倒是很期待，請你殺了我吧。如果能夠做到的話，無論幾次我都願意讓你殺了我的。」

身後的腳步聲響起，我想那個黑人正在慢慢逼近。

兇猛的引擎聲在不遠處響起，聲音正在快速地向這裡前進，是其他的埋伏嗎？如果要我帶著小明徒步逃走我還有點自信，但是我可沒有信心可以跑得贏機器啊。我朝著聲音的來源望去，一個身材纖細的騎士跨在巨大的黑色重型機車上頭，後頭載著的人是……李彥丞？

他們是一夥的嗎？

那巨大的機車在極速下煞車迴旋，輪胎在馬路上留下一抹蒼勁的煞車痕跡，它側著身子阻擋在黑人男子的前進路線上。騎士手中握著一柄黑色木刀，李彥丞跳下後座，目光熱切地看著那黑人男子。

「果然，你們也招惹上他了吧。」他站在我身後，語氣興奮地說。

「是你們的同伴嗎？」因摩陀說。

又一個人影出現在因摩陀身後，是趙玄嚳，他臉色鐵青地看著因摩陀，呼吸有些急促，看起來像是剛從店裡跑過來的。

「真是要命呢，一次出現這麼多使者。」因摩陀朝趙玄嚳瞥了一眼。「那也正好，見證人多才有意義，我們來場遊戲吧，爭奪這位小姐的遊戲。由我方先攻，最後能保有這位美麗少女的人就獲勝。不知道你意下如何？」

氣氛劍拔弩張壓得人簡直要喘不過氣來，他卻滔滔不絕地自顧自說著。

「為了公平起見，我就給你們兩個小時準備吧，我們這邊也還需要一點時間呢。現在剛過五點，多給你們一點時間好了，遊戲就在晚上八點開始，地點就在那間喫茶館吧。為了能玩得開心，希望你們可以做好萬全準備。」他走過我身邊，饒富興致地看著小明，然後突然伸出手端起她的下巴。「千萬不要想逃走，我可是會追妳追到天涯海角的。」

我又忍不住揮出拳頭，腦袋變得一團火熱。那一拳正中因摩陀的側臉，他卻完全沒有受到衝擊，眼球在被我的拳擠壓的眼眶中旋轉。

因摩陀無視我的挑釁，挺起身子移開臉轉身帶著那黑人離開。

李彥丞本來打算不顧一切衝上去跟那個黑人一決勝負，卻被那個身材纖細的黑衣騎士攔住，只能倖然看著兩人離去。

那黑衣騎士脫下安全帽，是一張叫人無法移開視線的美麗容貌，黑髮像是涓絲般洩下。

「子嵐小姐！」剛才還緊張兮兮的玄嚳哥突然朝那個女子熱絡地開口：「好久不見了，

最近過得怎麼樣？」

「馬馬虎虎。」那女子看起來只稍長我幾歲，但是說話的語氣卻已經完全是個大人。

「原來他就是妳的合夥人？」趙玄罌露出他慣常的苦笑，打量著李彥丞。

「你是在看什麼看啊？」李彥丞被那女子攔住之後就非常不爽，一副想找人出氣的樣子。

「管教這隻瘋狗也花了我不少心血呢。」

「連妳也叫我瘋狗？」

「你這個樣子還不夠瘋嗎？」她扠著腰，冷冷地瞥了他一眼，李彥丞馬上乖乖閉嘴。簡直就跟馴獸師一模一樣令人讚嘆。

「我們也捲進這件事裡來了，如果需要幫忙，算上我們一份吧。」

「老子這次一定要痛扁那個死黑鬼。」李彥丞大喊。

這種發言應該是種族歧視吧？

「你別在外頭這麼丟臉行不行？」翁子團狠狠地捏了他的耳朵一把才讓他又安靜下來。

「外面不方便說話，到我的店裡談吧。」趙玄罌張望四周，確認四下無人之後才說。

翁子團點點頭，那輛機車突然化入地面，融入翁子團的影子裡。

「那個也是能力嗎？」我好奇地問。

「不然你以為是什麼呢？」她反問。我被她這回應堵住了嘴，看來她冷淡的態度不是只針對李彥丞一個人。

我們移動到月樓，茉妮卡正在整理店裡，看見我們這麼一群人到店裡來不免嚇了一跳。

「啊！是你們兩位！」她看見那二人組，立刻湊向前來。「那天真是多虧你們的幫忙了。」茉妮卡朝他們致意。

「我們只是收錢辦事而已。」翁子園說。

「妳先帶他們進去裡面，我聯絡一下遠川。店裡先放著吧，晚上不營業了。」

趙玄嚳走到櫃檯的電話旁拿起話筒，然後小聲地說起話來。茉妮卡領著我們走到後面的廚房，安排好每個人的座位，滿臉好奇地打量著那有些微妙的兩人搭檔。

「已經聯絡上遠川了，他馬上就會過來。」玄嚳哥走進來對我們說：「他就是遠川所說的那個人嗎？」

「不會錯的，我很確定是他。」

「他跟你說了些什麼？」

「他想要帶走小明。」我把因摩陀的提議一五一十地全說了，包含那次在診所內的會面。

玄嚳哥捂著下巴，不知道在考慮些什麼。

「等到遠川來再討論吧，我先弄點東西給你們吃吧。」

「這種時候還有心情吃東西嗎？」我完全沒想到趙玄嚳會這麼說，有點發起脾氣。

「沒吃飽要怎麼作戰呢？更何況現在也沒其他事情可以做了，到八點之前還有好一段時間，放輕鬆點吧。」

「你要我怎麼放輕鬆？」我不悅地說。

小明坐在我身旁滿臉愁容地捏著手指，下巴微微地打顫。

過沒多久鍾遠川出現，他提著一袋東西，裡頭黑濛濛的不知道裝了些什麼。

他看了那二人組一眼，冷酷地對我說：「把他對你說過的話再說一遍，最好是一字不漏。」

我結結巴巴地又將事情複述了一次，他聽完之後轉向那兩人。

「你們似乎知道那個黑人的能力？」

「啊啊，我跟他交手過，還有另一個弱得要命的傢伙也是。」李彥丞說。

「是那個具現藥的人吧？」

翁子園聽見他這麼說，眉頭微蹙。

「你也見過他們嗎？」她問道。

「我暗中監視他們一段時間了，只是沒能看透那個黑人男子的能力。」

「他能召出狼群，還有一個狼頭般的意識體附在他身上。」李彥丞咬牙切齒地說：「那個賣藥的吃了自己具現出來的藥之後也還滿能打的，以普通人的水準來說。」

「我可以冒昧請教你的能力嗎？」鍾遠川似乎也知道翁子園的能力，只對李彥丞一個人問。

「到時候打起來你就知道了，我懶得解釋。」

「那就暫且把你也算入戰力圈內。」鍾遠川不置可否地點點頭，從袋子裡拿出一對黑色的手套。手套看起來像是給機車騎士用的，一直包覆到手臂中段，上面依照手指關節的位置固定著厚實的防護片，連手掌的部分也裹著一層具有彈性的耐衝擊橡膠。

「這是給你用的，」他將手套丟到我面前。「臨時只能弄出這種東西了，給你用應該還算湊合。戴著這手套多少可以減低手腕的傷害。」

「謝謝……」我拿起那對手套，上面全是改造的痕跡。

「言歸正傳，那個男人……因摩陀他的目標是禘明沒錯吧？」

「是的。」

「雪菲爾小姐，妳能夠針對這次事件進行『計算』嗎？」

「有些情報量還不足，不過可以就目前掌握的部分來計算。」

「那就麻煩妳了。」

茉妮卡召喚出梅杜莎，稍稍沉吟，眼神變得恍惚，口中喃喃低語。

「因摩陀的計畫確實是可能的，以媒介來說，附身型的使者的確是最優秀的類型，以現世的肉體為基礎，在包住肉身的影子上打開一個通道，大量的暗能量就會像是密度流一樣湧向這邊的世界。」

她的聲音不像平時的語調，聽起來像是梅杜莎藉著她的身體在說話。

「不過從現世的條件來說，單純地讓暗能量流向這世界，要讓全人類都變成影子使者也只能稱為夢想……或者該說是妄想。並不光是打開通道就能簡單達成的目標。」

「我方獲勝的可能性呢？」

「變異數太大，以目前的情報量來說無法計算出具有可信度的結果。」

翁子園和李彥丞都驚訝地看著茱妮卡，或許是訝異於她所說出的話吧。

「那些傢伙還真是囂張吶，竟然說想實行這種計畫。」李彥丞握緊雙拳，興奮之情溢於言表。

「你可不要跟我說你想加入他們噢。」翁子園馬上看出李彥丞的心思，冷冷地警告他。

「嘖，我會是那種人嗎？」

「最好不是。」

梅杜莎說出那個計畫的不可行性雖然多少讓我內心鬆了口氣，不過對於現況卻沒有太多幫助，因摩陀感覺不是這麼輕率的傢伙。他那種肯定的語氣讓人感覺情況完全掌握在他的手中。

我揣揣不安地想著因摩陀所說的話。

絕對不能讓他帶走小明。

「看來那個黑色的藥果然是關鍵。關於那個黑藥你們有什麼情報嗎？」鍾遠川向二人組問道。

「只知道它被稱作『覺醒』，在黑市裡以相當固定的數量流通著。我們就是被黑道委託調查這件事的。」翁子閨說。

「宵影已經證實，那個藥的效果能夠讓一般人進入淺覺醒狀態。」趙玄罌說。

「如果是這樣，那麼計畫成功的可能性必須進行修正。」茉妮卡說：「如果有大量進入淺覺醒狀態的人存在，再加上充沛的暗能量，或許就能夠一次產生大量的覺醒者。雖然還存在著大量的變異因素，不過已經不能用妄想來稱呼這個計畫了。呼哈——」茉妮卡突然喘了口氣回過神來，原本無神的雙眼也已經恢復正常。

「你們問的問題太複雜了啦……我快累死了讓我休息一下……」她無力地趴倒在桌上，額頭冒出大量的汗水。

「果然當初還是應該聽你的……」趙玄罌懊悔地說。

「現在說這個也於事無補了。」鍾遠川說：「他們的目標是褅明，而不是與我們正面衝突，顯然是已經知道褅明的影子型態了。如果是這樣那麼逃走也沒有用的。」

「目標……是我對吧？」小明咬了咬下唇：「那就把我交給他們吧……如果大家可以平安無事的話。」

「別說那種話啊……」我抓緊小明的手，用力地捶了桌面。

巨響之後，只剩下牆上的機械鐘發出的滴答聲。每個人都沉默下來，或許大家心裡都在考量些什麼，但是無論如何我都不可能拱手將小明交出去的。

「守人說得沒錯，那群人是不可信任的。」趙玄罌打破了沉默：「如果將小明藏進地下室呢？想用外力強行破壞那個房間可沒有那麼容易。」

「因摩陀似乎能夠自由地侵入建築物內，我不知道那是什麼手法，但與他的能力應該有很大的關聯。」鍾遠川說：「他會將身體化成液態滲入牆面，雖然速度不快，但是我想那個房間是擋不住他的。」

「果然還是要正面迎戰。」李彥丞已經沉不住氣：「不要再討論那種畏畏縮縮的對策了，直接把他們通通打倒不就得了！」

「如果事情有那麼簡單就好了。」鍾遠川嘆了口氣。

「要不要動員一些黑道，我有可以信任的人可以幫忙。」

「影子使者的戰鬥一般人是插不上手的，另外兩個使者我不敢說，但是就算想用武器對付那個傢伙也沒有用。」

「你怎麼知道沒用？」翁子圉問。

「我實際和因摩陀交手過，」鍾遠川掏出懷裡的手槍，「用這個東西連續射擊了整整兩個彈匣，就算沒有全部命中，光是擊中一兩發也不可能沒事。我至少也打中那個傢伙十發以上，子彈都埋進他身體裡了卻對他一點用都沒有，頂多只能暫時止住他的行動而已。」

「媽的！聽你這樣講我的手就越來越癢了，那傢伙可以早點來嗎？」

「你是沒在聽人說話嗎？」子圉側目。

——那個人的能力是什麼？夸特恩的聲音在我心底響起。

——你是在說誰呢？

——鍾遠川先生。

——這個我也不清楚……

它不置可否地應了一聲，隨即又消失。

趙玄罌端出一些三明治，只有李彥丞不客氣地吃了起來，剩下的都擺在桌上沒人動手。

夕日早已完全落下，屋外開始沙沙地下起雨來，落雷和著閃光在遠方的雲層間交纏，發出低沉的震鳴。雨勢陡然轉劇，轟隆轟隆地打在窗上，幾乎要蓋過時鐘的報時聲響。

「有人來了！」玄罌哥突然站起來，所有人的注意力都聚焦在他身上。

「是一個白人男子……他綁著一堆繃帶，看不清楚臉的樣子。」他的聲音沉了下來：「還有幾十個人跟在他後面，手上都持有武器。」

「是那個賣藥的吧。」李彥丞輕哼。

「還有多久會到這裡？」鍾遠川問。

「大概三分鐘左右，他們的行進速度快得嚇人。不知道那些人是從哪裡冒出來的。」

「恐怕是服用過藥的淺覺醒者。」翁子園說。

「把燈全關了！雪菲爾小姐，請妳帶著締明進去地下室。」趙玄罌說道。

「啊！好的！」茱妮卡牽起小明的手，正準備走向通往地下室的樓梯。

黑暗的陰影猶如鬼魅般出現，緊緊攫住小明的身體。因摩陀手中拿著布團矇住了小明的口鼻，瞬間就讓她昏厥過去。他攔腰抱住軟倒的小明，朝著我笑了笑。

「果然是全員到齊了啊，鍾遠川先生。」

茉妮卡嚇得跌坐在地，天空發出破空的雷鳴，閃光將因摩陀的臉映得死白。我被因摩陀的突然出現給嚇到了，全部的人都在瞬間拉開距離，只有鍾遠川拿著一把巨大的黑色轉輪手槍，對準因摩陀。

「可別輕舉妄動噢。你的槍對我是沒有用的，貿然開槍只會傷到這位小姐。」他左手扭著小明的脖子，緩緩地掃視在場的所有人。然後他抱起小明虛軟的身體，直接衝向通往後院的落地窗。

「這手是我先將軍了，王守人。」他衝出窗外。

「該死！」我隨即跟在他身後衝了出去，在他的身影完全消失之前抓住了他的動向。

「守人——！」鍾遠川的聲音讓我遲疑了一下，他將那副手套丟向我。我接住手套，然後頭也不回地沿著因摩陀離去的方向衝去。月樓的後頭是一片茂密的草叢和樹林，我奮不顧身地衝出一段距離，雨勢掩蓋了我的視線。我感覺到夸特恩消耗了我身體內的些微能量，把我導引到正確的方向。我踩著柔軟的草墊在樹林中做了幾次跳躍，看見因摩陀踏上一輛轎車，等我跑到現場，車子已經開出老遠。

「可惡！我再怎麼能跑也沒辦法追上汽車啊！」我在大雨中發狂似地大吼，然後不顧一切地追著車尾燈的軌跡。

「上車！」黑衣騎士駕著巨大的重機追了上來，李彥丞坐在後座，車旁還加掛了邊車，我沒有猶豫，立刻順勢跳上邊車。

「抓緊了，我會飆得很猛。」翁子囷催足油門，車體發出的聲音立刻鎮壓住雷雨聲。巨大的加速力壓向我，強力的雨點打得我幾乎睜不開眼。黑騎士猛烈地左衝右轉卻沒辦法拉近距離，只能遙遙地跟在車後。

銀色的轎車趁著雨勢逐漸加速，開上了還在修建中的快速道路，絲毫不用顧忌猛烈的大雨，一下子就拉開距離。

孤曠無人的公路上雨勢滂沱地下著，不管是對向還是身旁都沒有其他車輛，路燈沒有亮起光芒。只有機車的頭燈和遠處依稀能見的赤紅色車尾燈還在發亮。

引擎聲從我們後方響起，和著犬科動物的爪蹄刮擦柏油路面的聲響逐漸逼近。那輛黑色的房車沒有開啟頭燈，彷彿隱身在黑暗中，只能藉著雨點的起落勉強辨識出輪廓。野獸在黑暗中嚎叫，朝著我們的進路展開進擊。

「我的對手來了啊哈哈哈哈哈！」李彥丞扶著黑騎士的肩膀在後座站起，瘋狂地望著周圍的狼群大笑。

「你載這個小子去追吧！我要和那傢伙一決勝負！」

李彥丞猛然跳車，身形隨即消失在後方。因為被大量的雨水衝擊著，我完全無法看見後方的情形。翁子園沒有任何動搖，壓低身體全心全意地拗下油門，野獸的聲響和汽車的引擎聲立刻消失在後方。

視線已經無法捕捉到遠方的紅點，我用手抹著眼瞼，試著找到正確的方向。但是在黑騎士逐漸接近之後，我隨即就了解為什麼紅點會突然消失。

公路在半道上就斷了，那輛銀色轎車靜靜地停在銜接處的邊緣，車門敞開著卻不見因摩陀的身影。我等不及翁子園完全停穩機車，連忙跳下邊車跑過去。

「他該不會是跳下去了吧？」翁子園掀開護目鏡，悶悶地說。

我探頭向著底部的黑暗看去，大量的施工機具和材料堆置在下方，輪廓被大雨打得模糊起來，完全看不見任何人影。鋼筋突出混凝土交接成點，銳利地懸在空中，指著不遠處的公路橋墩。雨滴嘩嘩刷在樹梢之上，黑暗的風在底部吹颳，傳來葉子交互摩擦的聲響。

夸特恩倏地出現在我身旁。

——我可以帶你下去。它的聲音不受環境干擾，直接傳入我的內心。

「你要下去嗎？」翁子園問道。

我望向她，堅定地點了點頭。

她看著我的手思考了一下，然後從口袋底掏出一捲繃帶。她拉起我的手，將那已經濕透的繃帶一圈圈地纏住我的指骨。繃帶陷入我的皮膚，然後牢固地附著在手上。

「這樣子再戴上那副手套，多少可以起點保護效果吧。」繃帶固定著我的手掌，需要稍微用力才能握緊拳頭。

「謝謝妳。」

「你一個人應付得來嗎？」她看著底下的黑暗，兩眼間露出猶疑。「那個人不是普通人物噢，如果你需要幫忙，我可以留下來支援你。」

「有這傢伙在我身旁，沒問題的。」我敲了敲夸特恩。

「是嗎……」她望向那個巨人，「好吧，如果那邊解決了，我立刻帶人回來幫你。」她跨上機車，沿著原路疾馳而去。

我戴上鍾遠川給我的手套，手腕的關節處被緊緊地固定住，厚實的防護片彷彿可以擊碎任何敵人。

「走吧。」我對夸特恩說道。

巨人將我拎到肩上，向著黑暗深淵一躍而下。

ch6.

三方的交戰

因摩陀突然的現身，讓事態一下子就超出鍾遠川所能理解並快速作出正確反應的範圍，他沒注意到因摩陀到底是何時侵入月樓，甚至連玄嚳的「監視眼」能力也沒能察覺，他們全都被那群圍湧而來的淺覺醒者給吸引住，才會讓因摩陀如此容易得手。

但是真的是這樣嗎？

如果那男人從正面強攻，又有多少把握能阻止他呢？

零。

雖然不想承認，但他知道自己沒有能力阻止因摩陀。

守人瞬間就追了出去，而外頭卻是茂密的草叢和坡地，憑自己的能力是沒辦法立刻追上那兩人的。

「喂，你有看見那個黑人嗎？」李彥丞出聲問道。

「沒有……那些淺覺醒者已經包圍這裡了，裡面是有個外國人，但是我沒有看見操縱狼群的使者。」趙玄嚳說。

「……可惡的傢伙！」不良少年抓住黑騎士的肩膀大吼：「帶我去找那個人！」

「你有自信可以打贏他嗎？而且我根本就不知道他在哪裡。」翁子圉說。

「不再打一次誰知道啊。跟著那個衝動的小子追過去，一定可以找到他的啦！」

「你有資格說別人衝動嗎？」

翁子圉嘆氣，然後打開通往前廳的門。

外頭只有落雨和微弱的風聲，除此之外沒有任何動靜。

「別擅自出去！外頭已經被包圍了，要是中陷阱的話……」

趙玄罌的話還沒說完，一輛漆黑的重型機車已經出現，占據通往前廳的過道，黑騎士頭也不回地跨上車，身體下引擎轟然發動，她伸手握住油門，略微施力引擎便砰砰地發出咆嘯，排氣管吐出高溫的化合氣體，金屬表面變得火熱。

少年跳上後座。

「這邊就交給你們啦！」

「喂、你們到底要……」

重機拉轉輪胎，在木頭地板上磨出焦熱的胎痕，然後車體高速衝出，黑騎士熟稔地換檔，重心轉移後瞬間將車頭拉起，將整間店的桌椅撞得亂七八糟。車胎在撞擊落地玻璃的剎那壓落，利用重力加速度將整片玻璃窗輾得粉碎。

她掉轉車頭，揮舞著木刀直直朝著那些阻住去路的淺覺醒者敲去，發出令人不忍卒睹的淒厲聲音之後便消失在道路的盡頭。

「那兩人組到底是怎麼回事……」鍾遠川看著眼前混亂的場景，忍不住抱怨。

趙玄罌欲哭無淚地站在一旁，讓茱妮卡摸頭安慰他受創的心靈。

外頭傳來金屬刮著柏油路面的聲響，人群的腳步聲和少許的喧鬧集合，在月樓的正面擴散開來。

鍾遠川心中一凜，那群人手中全都拿著粗製濫造的加工武器，球棒前端插滿鐵釘、打磨過的鋒利鐵條、甚至是動力鍊鋸，也有人拿著厚刃的柴刀或開山刀，全都是打算置人於死地的武器。

有些人面無表情，少數則是帶著亢奮，但是共同點是全都一臉茫然。人數大約有二、三十人左右，以不自然的姿勢發出聲音行走，但是除此之外卻又沒有任何交談的聲響，沉默地襲來。

淺覺醒者們揮舞著手中的武器沿途破壞阻擋行進路線的物品，敲碎盆栽，在樹木上割出深深的切口，逐漸逼近屋子，然後盲目地破壞起水泥牆壁，只有部分的人注意到落地窗的缺口集中過來，並且用手中的棍棒將其他的玻璃盡數敲碎，他們渾身濕透，在光滑的木製地板上留下醜惡的泥水足跡。

鍾遠川具現輪轉手槍，同時拿出慣用的葛拉克瞄準入侵屋子的前鋒部隊。

「遠川，他們是人。」趙玄罌出聲警告他：「他們只是被藥給控制住了，不要殺他們。」

鍾遠川嘖了一聲，調整輪轉手槍的威力，以這把槍的口徑要是被打個正著，身體一定會被轟出個大洞。他調整具現火藥的分量減少底火威力，轉開彈倉將具現的子彈換成空包彈，只要不是近距離擊中就不會造成致命傷。

進入屋內之後那些人並沒有繼續前進，同時大門也傳來被破壞的聲音，鍾遠川看著眼前絕對不利的形勢，皺起眉頭。

「……你手裡拿的那是什麼？」

「平底鍋啊。」趙玄嚚回答。

「…………」

「不然你是要我怎麼辦？」

「雪菲爾呢？」

「我叫她進去地下室暫時躲起來。」

趙玄嚚雖然同樣是影子使者，本身的能力卻是不適合戰鬥的「監視眼」，可以在指定的位置產生能量型的眼球並且將視野內所得的視覺情報回傳到使者腦中，最大數量為七十七枚，在偵查上無疑是非常方便的能力。

「事到如今也只能把眼睛收回來了，實在有夠麻煩。」

「你這傢伙還是跟以前一模一樣。」

收回眼睛的趙玄嚚在全身各個部位重新張開監視眼，如此一來即使不擅長戰鬥也能夠做到全方位無死角，鍾遠川很明白這就是趙玄嚚的極限，他的體能和一般人沒兩樣，也沒有學習基本的體術。所以遇到這種情況就只能拿著平底鍋。

「背後就交給你，沒問題吧？」

「我盡力啦！」

鍾遠川深呼吸，將注意力集中，那些人始終沒有進一步的動作，只是呆滯地盯著黑暗，彷彿在等待著什麼。

視線穿透人群，一個男人披頭散髮地站在淺覺醒者後方，臉上包著大量的繃帶和貼布，金髮被雨水淋濕黏在臉上，注視著屋內和鍾遠川遙遙相望。

是科靈・威爾斯。

他穿著防水風衣，看起來沒有攜帶任何武器。

「殺了他們！」科靈發出指令，腫脹的臉發出獰笑。

前排的傀儡們不由自主地移動腳步，朝著兩人逼近。

黑腕托住彥丞的身體，讓他以近百公里的時速安穩地降落在柏油路上。黑騎士的機車引擎聲迅速地朝著他身後掠去。

他眺向前方，感覺到無盡的壓迫感從四面八方包圍過來。微弱的煞車聲在不遠處停止，然後引擎聲逐漸被雨水的聲音蓋過。野獸的低鳴聲接近他，在雨水和黑暗的掩護下，他幾乎什麼也看不見、什麼也聽不見。

只有在遠方烏雲傳來閃電的光線時，他才得以一瞥。

到底有多少匹狼正包圍著他呢？他看見無數的狼頭在閃光下蓄勢待發，牠們緊盯著彥丞，以銳利的獠牙和爪子威懾他。不論前後左右都被狼群包圍，牠們無聲地移動著。

牠們彷彿在等待著主人的攻擊命令。

彥丞的腳下浮現出手臂狀的黑影，突破路面浮起，猶如從地獄所伸出的惡靈之手一般蠢蠢欲動，在空氣中捕撈著，那些手臂粗細不一，但是最細的也和彥丞的手臂同粗，影子以彥丞的手臂為基底再現，幽幽地支撐在空中。

車門啪嚓打開，他看著那個高大的黑人男子走出車外，雨水打在他身上，隨著車子的線條延伸形成一圈人形。原本就是深色膚色的史賓森在雨夜中變得更加隱晦不明，衣服被打濕，史賓森索性脫下上衣，幾乎與夜色化為一體。

「喂喂……這樣也太犯規了吧。」彥丞嘴角無奈地抽動了一下，立刻提高警覺。他感覺到自己的汗毛豎起，雨水在他身上匯流，壓下的頭髮遮蓋住視線。他動手扒下身上的白色襯衫丟向一旁。

穿著白色衣服在黑暗中實在太顯眼了。

史賓森沒有做出任何動作，只是站在黑暗中直勾勾地盯著他瞧，眼睛在微弱的反射下透著動物性的光芒。

彥丞豎起耳朵，聽著周遭的動靜，影拳已經做好攻擊的準備。

他向前踏出一步，鞋子傳來濡濕的黏稠感，彎下腰，將力量蓄集，兩隻影手在他的腳底下彎曲將他拋擲而出。和這些狼纏鬥是沒有用的，首要的目標是使者本體和附在他身上的意識體。

在影手的加速度下那些影狼完全跟不上他的速度，他猶如子彈般朝著史賓森突襲，霰彈般散開手臂。那顆狼頭從黑人的左肩突起，史賓森同時脫離了車子旁邊，退出影手所能攻擊的範圍。十數條黑色的影手猛烈地打向車體，砰砰砰地將漆黑的鈑金打凹變形，擋風玻璃被轟得粉碎，車體也因為承受不住攻擊，失去原有的平衡翻倒過去。

彥丞被另一隻黑手接住，穩住腳步。

三頭狼在他減速的瞬間圍湧而上，朝著他的咽喉和腳跟撲襲，他以閃電般的拳擊回應，被打飛的狼發出嗚咽聲退去，接著又是更多的狼圍來。

有匹狼咬住了他尚未縮回的影手，傳回微弱的痛楚。他以刺擊毆向狼的腹部讓牠鬆口然後甩開。

巨大的影手將彥丞高高托起，遠離地表。他居高臨下，望著那個沉默的黑人男子。他肩頭的那匹狼裂開嘴，嗤嗤地瞪著彥丞的影手。

彥丞惱怒地想著自己聚合出的影拳被這狼首咬碎吞噬的畫面，那時的痛楚還烙印在腦海中，他的眼中燃著怒火，巴不得親手將那狼喙從中撕作兩半。

那黑人能夠躲過影手的彈射襲擊，近距離的影拳也不一定能夠打中他，看來也是身經百戰具有相當優秀的反射神經，尤其是他身上所帶著那股野性，閃躲的動作看起來和普通人不同，如同野獸般迅捷。

彥丞觀察著黑人的下一步行動，在這種開闊的地段他可以毫無顧忌地使用「彈射」，可以利用瞬間加速度的優勢輕而易舉地突破狼群，不過線性的攻擊對眼前的男人能夠奏效嗎？

腳下的影手正被狼群攻擊，因為臂圍太過粗大，牙齒無法正確地咬合，爪子傳回的疼痛感只有搔癢的程度。

只要不被那張狗嘴咬到，一定能夠勝利！

彥丞讓自己從黑手的支撐中滑落，巨大的手臂驅趕狼群，圍塑出屬於自己的領域。他活動影手的手指，回想起前場戰鬥的景況。凝聚的影拳可以輕易地打倒狼群，近身時卻同樣會被那該死的狼頭反擊，如果散出細支，攻擊時又容易被影狼噬咬。

野獸圍繞著兩人，猶如旋轉木馬般迴旋游走。

少年屈膝蓄力，讓影手將自己投出。狼群瞬間撲上，影拳如同在雨夜中綻放的黑暗之花展開舞動，四散刺穿狼群的包圍網。他將手臂的數量減少到十六隻，配合自己的移動和四倍力量痛快地毆擊。他在獸群中高速彈跳，左衝右撞將狼的陣形撕裂。

影手將他保護在中央，計算過影狼的數量和應對分配之後，他更加游刃有餘地應付狼群的圍攻，手臂力氣凝聚的防禦力可以減弱偶爾傳來的嚙咬疼疼感，打擊力道正好可以衝斷骨頭，並且輕鬆地甩開咬著不放的狼嘴。

但他還沒想出對付那個意識型的方法。

狼首發出幽幽的低鳴，以粗糙的聲音調動狼群的行動，牠派出一匹狼進行誘導，趁著影拳還沒縮回的剎那發動攻勢，雖然效果不大，但李彥丞十分討厭一再被狼群纏住的感覺。他開始沉不住氣，連續使用「彈射」對體力的負荷也很大，他開始厭倦這種周而復始的戰鬥，他想乾脆地決出勝負，而不是你來我往的無聊決鬥。

彈射的加速度和影拳將狼群毫不留情地虐殺，牠們卻永無止盡地從視線的暗角鑽出。史賓森緩緩移動，軍靴踏步踩在積累的水漥之上。

彥丞停止進行「彈射」，讓自己落在半毀的車輛底盤上，大腦因為突然的減速和劇烈晃動暈眩，他對著地面乾嘔幾下，對著高大的黝黑男子提問。

「喂喂，這種無聊的戰鬥就能夠滿足你了嗎？」李彥丞抹抹嘴角的唾液，咧嘴一笑。

狼群靜止，史賓森直視眼前的少年。

「你和我是同一類人啊！啊啊我非常明白，否認是沒有用的，你和我都是渴求著戰鬥的人啊，這批瘋狗不就是你的影子嗎？你難道可以忍受自己的影子作戰而自己束手旁觀？我是絕對無法忍受這種戰鬥的！絕對！你這些狗來再多也沒用，我會一批批捏碎牠們直到你精疲力盡為止，然後接下來就是你！但是我不想做這種無聊的事情，我要的是貨真價實的生死搏鬥，我要親手把你打倒！我要把你身上那鬼東西的嘴巴撕爛，然後把牠的牙齒一顆顆拔下來！你到底是聽不聽得懂我在說什麼啊？」

彥丞伸出食指，無禮地指著他的鼻子。

史賓森毫無反應。

經過一段漫長的沉默之後，史賓森咧出他的牙齒，潔白地在黑暗中發亮。他朝兩側攤開雙手，在狼群中推出一條直通李彥丞的路徑。肩上的狼首狂亂地蠕動著，牠的脖子長長地突出肩頭，吼出漫長的嚎叫，那些野狼呼應牠的高鳴，不約而同地伸長脖子狂嗥。野獸的聲音混雜著雨水和風，震盪著李彥丞的靈魂，他的心臟隨之共鳴，急速地跳動起來。

他握緊拳頭看著步步逼近的男人，距離來到他的攻擊範圍吋前。

史賓森的肌肉鼓鼓地隆起，在雨水劃出的反射上浮現清晰輪廓，他還在笑著，盯著獵物的一舉一動。

「我很……高興。」他以模糊不清的腔調說。

「對吧，我說得沒錯吧。」彥丞握緊雙拳，內心洶湧地鼓動。血液源源不絕地聚集到他的手上，全身的筋骨劈啪作響。

這才是他的期望！這才是他想要戰鬥的對手！

他從反倒的車子底盤跳下，向前邁步。

兩人站在大雨中互相對望。史賓森略微低頭，和他肩上的狼首看著少年，彥丞抬起下巴，無所畏懼地看向黑人男子。

「哈哈哈哈哈哈哈哈哈哈哈哈——」他再也忍不住笑意，瘋狂放聲大笑。

「呵呵呵呵呵呵呵——」低沉的笑聲同樣從史賓森的喉間發出。

他們站在雨中，因為找到了自己的對手而感到愉悅不已。狂野的笑聲在幽暗的公路上迴盪，狼群潛伏入影，眼睛在地面上發出隱隱紅光，窺伺這場即將展開的決鬥。那狼首齜牙咧嘴，彷彿應和著兩人的笑聲扭動長頸，黑色毛皮分明豎起。

「那麼，就由我開始吧！」彥丞張開雙臂，兩隻黑掌在他身後張開，蓄勢拍向前方，集中成兩隻影手之後不能進行彈射，自己的身體會承受不住，但為了對付那個狼首沒有其他方法，只能同時從兩個方向進行攻擊。

畢竟再怎麼樣牠也只有一張嘴，不可能同時防禦兩側的攻擊，就算其中一隻被牠咬碎，另一隻手可以在下個瞬間拍爛那張臭嘴。

史賓森墊步向後跳躍，沒有試圖和彥丞的手臂對抗，巴掌在他面前幾公分處拍下，颳起的風壓迎面撲來，狼首吮起齒喙，眼神飢渴得巴不得吞掉眼前的能量團塊。

影拳攻擊的速度很快，面對史賓森野獸般的動作時卻有些力有未逮，他巧妙地避開攻擊，狼首在肩膀上伺機而動，尋找少年的破綻。

拳頭從他的鼻尖掃過，芬里爾露出尖牙，張口對著影手撲咬，在少年忌憚抽手的瞬間，史賓森腳步飛快踏向濕滑的柏油路面，拉近兩人的距離。他握捲右手，讓中指骨頭微微凸起，朝向少年的喉頸突刺。

黝黑的拳頭在夜晚中幾乎看不見，剃刀般的刺拳掠過皮膚，彥丞好不容易躲過這致命一擊，恐怖的攻勢卻接連發動。

左肩骨被直接擊中，連骨髓都發出陣陣悲鳴，他甩頭避開朝著眉心而來的拳頭，巨大的影手斬向史賓森，完全落空。

高速移動的史賓森宛如融入黑夜中，藉著膚色的掩護不斷從死角突擊。

──必須拉開距離！

彥丞勉強接住一拳，確認相對位置之後猛踢黑人的腹部，腳底回饋的觸感像是踢中厚實的橡膠輪胎般紋風不動，他抵住對方的身體使力退開，幾乎要跌坐在地。

幸虧還能用影手從後面穩住身體，不然大概會以十分華麗的姿勢跌個狗吃屎。

肩膀的疼痛被汩汩流向大腦的腎上腺素麻痺，調整呼吸，完全沒想到眼前的男人連肉搏戰都在他之上，即使體格沒有優勢，彥丞對自己單打獨鬥的能力還是非常有自信。

冷靜下來，非得冷靜下來才不可，看著眼前的男子，他的拳路刁鑽，招招打向要害，身體又遠比看起來還結實，一定經歷過嚴酷的生死搏鬥。

真是太差勁了。

他渾身顫抖，不知道該怎麼對付眼前的敵手，身體不由自主地顫抖著。

影手雖然可以勉強對付那狼頭，但自己的體術實力不如眼前的男人卻是不爭的事實，絲毫沒有辯駁的空間。

臼齒喀喀咬合，黑人男子意猶未盡地看著他，對他勾勾食指。

然後大拇指反手向下。

這該死的渾蛋！

那黑人毋庸置疑地強大，高大的軀體矗立著，背脊完美彎曲拉扯著肌肉，渾身發出野生動物的氣息，就算不驅使狼群，彥丞也只能勉強和他打到這個地步，僅僅是不落敗的地步……

過去所遇上的對手都是渣滓。

所打倒的東西全都毫無價值。

只是純粹的單方面發洩。

除了手持武器和被圍毆之外，他從來沒有在單打獨鬥的情況下輸給任何人過，不管會不會武術或者體格差距有多大，他都可以用雙手痛快地打擊他們的自尊、凌虐他們的身體和靈魂。

然而面對眼前的男人，他開始明白彼此的差距。

這人是貨真價實的戰士。

自己過去引以為傲的價值現在看來只不過是無聊的自滿。

毫無意義的驕傲。

不對！他在心底否認。

才不是這個樣子！

他追求的不是勝負，自己是什麼時候變成這種畏首畏尾的縮頭烏龜了？

他所追求的東西僅僅是施加暴力所帶來的快感，不管對手是渣滓也好，是真正的戰士也罷，只要將自己的拳頭揮出去就夠了！

朝著臉痛毆，指骨戳進柔軟的腹腔、打碎胸骨、折斷手臂、踢斷鼻子、讓血溢滿口腔、眼球搖搖欲墜、頭骨破裂，像擰毛巾一樣將身體扭轉捏碎。

那是無關勝負，純粹的暴力施加。

彥丞揚手，參天古木般粗大的影手陡然聚縮，能量集中，徑寬和長度急劇減少變成原來的二分之一但還在持續縮小，手臂沁出濃烈的黑氣，質量高速蒸發，高密度的能源體再度構成影手的骨架和肌肉，直到外表和使者的雙手毫無二致。

影手從地面連結到肩膀上，再度張牙舞爪地扭動手指。

因為拋棄了沉重的質量速度提升數倍，力量雖然減低但是因為能夠進行更加集中力道對於單點破壞反而更勝原來的巨臂，如果原先的影手是鐵鍾的話，現在的狀態就像是釘子般可以貫通所有東西。

盤據在肩上的狼首饒富興致，兩眼緊盯影手變化的過程，半透明的唾液從牠的口中涎出，沿著血紅的舌滴落彈跳的水窪中。

彥丞全身冒出熱氣，瞬間被雨水冷卻，完成銳化的兩隻影手雖然變得更強，但只要被攻擊，痛覺就會猛烈地反噬回來。

以前的影手只能感受模糊的觸覺和痛楚，現在卻可以清楚地感覺雨水的溫度和風的吹襲，簡直就如同活生生的手臂一樣。

他試著操縱新型態的影手，轟轟的引擎聲從身後傳來。

黑騎士被群狼阻擋，手中握著木刀，以凜然之姿與狼群對峙。

「別過來！」他朝身後吼道：「這是我和這傢伙之間的決鬥，在我們分出勝負之前妳就待在那裡好好看著！」

黑騎士沒有反應，只是遙遙望著他的背影。

接著他猛力朝史賓森撲去。

ch7.

未來的軌跡

少年與巨人降落在濕軟的土地上，聽覺被周圍林地的聲響剝奪，視覺被遮蔽，是完全無法辨識敵人所在位置的狀態。

四周的黑暗幾乎要讓人喪失了方向感，少年跳下巨人的肩膀，濡濕的泥土黏住了他的腳步，發出令人不快的聲音。

轟嗡嗡嗡嗡嗡嗡——隆！

空氣震響，一道落雷降在不遠處，劈開高聳的樹木。被擊中的枝幹發出吱軋聲裂倒在地，藍火瞬間閃滅，燒焦的部分斷裂出冒出輕薄的煙。雷電的閃光讓守人看見了敵人的所在。因摩陀沒有逃也沒有躲，他抱著暈厥的季締明，渾身不動地靠著整堆的建材坐在黑暗中，雙眼亮晃晃地盯著守人瞧。

「你果然追過來了。」他不帶任何情感，話音好似機械。

「把小明還給我！」少年怒吼。

「就用你的雙手來奪回去吧。」因摩陀望著懷中的少女，用手指抹去沾在她臉上的水珠。

為了節省能量，夸特恩選擇消去身形，將能量全部用在輔助守人的行動上。因摩陀輕輕地將少女放在一旁，看著消失的巨人身影，好奇感閃過他的心頭。

「你不打算讓那個巨人出來戰鬥嗎？」

「廢話少說！」守人使出全力踏向泥濘的大地，身體飛奔而出，以體能的極限全速接近因摩陀。

因摩陀沒有移動的打算，他望著少年的進攻，從懷中取出小型的衝鋒槍，對著少年進行全自動射擊。火焰轟轟地噴出槍口，在黑暗中形成眩目的激烈赤紅光影。子彈噗噗射進地面，守人被這突然的射擊嚇住，以手護著頭部絲毫不敢移動身體。

準心毫無疑問地對準著他，但卻沒有一發子彈擊中，只有濺起的泥土噴上他的衣服。直到子彈耗盡，槍機完全靜止因摩陀才鬆開扳機，雨水冷卻槍身發出陣陣霧氣，槍口的遮火罩滋滋作響，他詫異地看著毫髮無傷的少年。

「你實在是太有趣了啊，到底是什麼力量在保護你呢？」因摩陀朗聲問道。

戰鬥的哨煙與彈焰帶來的現實感壓制住少年的精神，守人被那突如其來的全自動射擊嚇住了，子彈擊發的聲響和劇烈的破空聲讓他明白只要有任何一發子彈直接擊中他的身體，他就會立刻倒地不起。

戰慄感沿著脊髓向下，幾乎就要癱瘓全身。他雙腳發軟，看著眼前的敵人。

沒有任何一發子彈命中。

守人隨即明白是夸特恩扭曲了子彈的軌道。

因摩陀丟棄手中的機關槍，饒富興致地看著眼前的少年。

「回去吧，你是沒有勝算的。」他傲慢地宣告：「我不想殺了你。」

守人壓制住腳下的顫抖，夸特恩的力量正在生效，他直視著眼前的男人。

激烈的耳鳴在他的腦中響起，他以為是槍擊的後遺症，卻聽見茉妮卡的聲音。他以為是茉妮卡來了，分神看了看四周後才發覺是茉妮卡的腦連線。

——我總算也可以幫上忙了噢。

茉妮卡的聲音在他腦海中響起，守人察覺因摩陀開始移動腳步，卻又靜止在原地。

那道模糊的身影像是靈魂一樣脫離了身體，自顧自地揮動手臂，嘴巴說著聽不見的話語。

因摩陀正喃喃說著什麼。守人並沒有用心去聽，他發覺因摩陀的動作竟然恰好與那個影子先前的動作重合著。

是梅杜莎的未來計算！

畫面透過眼睛傳導到茉妮卡腦中，由梅杜莎分析計算之後將畫面投射到視神經畫面中，再讓守人和茉妮卡的視野重疊，如此一來因摩陀未來的動作就會在守人的視覺中進行再生，好像影音不同步的畫面，那影子毫無聲息地預先執行因摩陀會採取的行動。

「速度太快了。」他脫口而出，中斷了因摩陀的演說。那個影子的時間線逐漸與本體之間縮短，大約只有一秒鐘左右的差距。

——這個狀態大概只能再持續三分鐘左右吧。

茉妮卡的聲音提醒他。

正好是一回合的時間。

「啊啊啊啊啊——」

守人無視因摩陀的發言，以穩定的步伐開始衝刺，他握緊起戴著手套的拳頭，朝著因摩陀衝去。因摩陀看穿他的攻擊路線，雖然訝異於守人的速度，但是並不是無法閃避。他旋轉身體，以為能夠輕鬆地避開。

但是那拳擊卻精準地打在他的臉上。

手套表面的強化外殼硬生生撞上骨頭，強大的力道搖晃因摩陀的大腦。對方的臉骨衝擊著自己的手指，守人幾乎聽見骨骼碎裂的聲音。

守人全力的一擊將因摩陀打飛了數公尺，將他擊倒在地。拳頭傳來陣陣的麻痺感，但是卻沒有想像中痛。他重新握拳，看著倒下的因摩陀緩緩爬起。

「真是奇怪啊……為什麼沒躲開呢？」因摩陀吐出口中的血液，不解地說：「明明應該是避開了才對啊，為什麼你的拳頭會這麼準確地打中我呢？」他取出兩顆藥丸吞下。那是從科靈那裡取得的藥丸——威力十足的「覺醒」。

「能告訴我原因嗎？」

「噢啊啊啊啊！」

守人撲過去繼續展開攻擊，抓準因摩陀迴避的時機，戴著手套的拳頭一次又一次地打在因摩陀身上。

如果是普通人恐怕連他的一擊都撐不住，但是那男人卻始終沒有倒下，那個領先他一秒時間的影子還在持續進行閃躲，守人沒有太多思考，只是將拳頭朝著那道影子預先迴避的軌跡送去，然後拳頭就會反饋回那可怕的觸感，他感到噁心，但卻絲毫沒有停止攻擊的打算。

如同迴避路線，因摩陀的攻擊軌跡也會同步出現在守人的視線中，來得既猛烈又迅速，不管守人在怎麼用力打擊，因摩陀總是會趁隙反擊，好像完全沒有痛覺，如果不是有茉妮卡在計算，他完全沒辦法預料到因摩陀會在何時出手。

躲過因摩陀的兩記刺拳，藉著身體趨前的力道預先做好反擊的準備。

當他再次擊中因摩陀的臉，守人很確定他的脖子已經斷了。

但是因摩陀卻沒有倒下。

茉妮卡不斷地提醒他時間有限，但是眼前的男人就好像殭屍般無法打倒。

因摩陀發現自己的迴避失效之後索性不再閃躲守人那砲彈般的拳頭，用肉體承受著所有的打擊，然後進行著同樣無效的掙扎。

他發現守人總是能夠在千鈞一髮之際避開他的攻擊，明明藥力已經提升了他的速度和力量，少年的動作也看得出來是個格鬥的外行人，但他卻總是無法成功地擊中眼前這個奇妙的少年。

這樣下去不行。他心想。

少年的手套保護著拳頭，同時加成了極大的攻擊效益，宛如鐵鎚敲碎自己的骨頭，每一次的打擊都讓他痛徹心扉，胸骨已經斷了大半，頭骨似乎也裂開了。他的恢復速度已經跟不上少年的破壞力，再繼續打下去，少年大可帶著那女孩逃之夭夭，而他只能慢慢地在這裡等待身體恢復。

要是來了援兵就更麻煩了。

連番的超越人體界限的活動之下，守人逐漸感到疲憊。手臂彷彿被截去般完全麻木只能憑著意志力繼續揮動著雙手，高度的無氧運動讓他的視界變得黯淡，黑色的閃光在他的眼角周圍閃著，身體肌肉已經到達臨界點，但是他卻沒有停止的打算。

在茉妮卡的能力失效之前必須將這個男人完全擊倒。

影子與因摩陀本體之間的時間差距已經開始縮短，讓守人必須更快地發動攻擊才能擊中。因摩陀察覺到了這點，擺動著殘破的身軀加快速度，在攻擊的同時再次嘗試迴避，雖然攻擊依然落空，但少年的拳心已經逐漸偏移。

因摩陀在內心竊笑著，他開始能夠躲開少年那已是強弩之末的沉重打擊。

守人知道茉妮卡的腦部運作已經到達極限，對手的影子與本體開始疊合，他憶起鍾遠川所教給他的正拳，放開逼緊的胸肺吸入大量空氣，扭轉身體朝向因摩陀的身體重合點突刺而去。

指骨傳來令人噁心的觸感，因摩陀的肋骨全數碎裂，拳心陷入他的身體裡，簡直像是貫穿皮膚般包覆著拳頭，強大的力道將因摩陀擊飛砰地撞入砂丘之中，在雨夜中濺起團團泥沙。

守人軟倒在地，全身的肌肉不斷地抽搐著，上半身已經完全無法動彈，手臂神經傳來的劇烈疼痛幾乎要讓他昏厥過去。全身肌肉正在彼此拉扯，彷彿要脫離身體般強烈地收縮，手掌好像被分割切開一樣，骨頭在肉裡頭移位，交錯重疊。

雨水打在守人的身上，身體有一半泡在泥水之中，濺起的水花滴入他的眼睛。肺臟不停地收縮劇烈呼吸，急速吸入的氧氣稍微減輕了身體的痛楚。他試著移動雙手，想從地面爬起，肌肉卻像是岩石般僵硬，光是動動手指強烈的痛覺就衝進大腦。

他眼睜睜地看著因摩陀那具殘破的身體宛如被操控的懸絲傀儡般以詭異的方式站起。他頸骨斷裂，骨頭頂著脖子的皮膚突出一大塊，肩膀也以奇妙的角度歪曲著，咻咻的可怕呼吸聲像風笛般吹著。閃電落下，那張不成人形的臉孔正在笑著。

胃部的強烈痙攣讓守人彎起身體，他忍不住發出痛苦的叫聲。

這時候他才完全理解鍾遠川所說的話是什麼意思。

因摩陀的身體表面不安分地蠕動著，像是有千萬條黑色蛆蟲在他的皮膚底下爬行，修復著他斷裂的筋骨，將腫脹和瘀血的部分消除後重新填補起來。守人只能躺在泥濘中看著那個男人緩慢地復原，連移動手指也無法辦到，只能不斷地喘息著。

「這次是真的將軍了，王守人。」他走到少年面前，臉孔已經恢復大半，守人看著他的雙眼，卻沒辦法發出任何聲音。

「突然進行激烈運動對身體的負擔很大，你實在是衝過頭了。」

因摩陀俯視著倒在地上，眼中還帶著強烈敵意的少年。

他一次又一次讓因摩陀感到驚訝。

普通的使者具有兩種能力就已經是極限了，他卻弄不清楚少年表現出來的究竟是多少種能力的集合。

那個神祕的機關巨人也沒有與他正面戰鬥。

離開少年身旁，他緩緩地走向還在昏迷中的少女。

「離……她遠一點……」守人無力地說著。

「哈哈哈哈哈哈——」聽見少年的話語，他忍不住大笑起來。「你已經輸掉這場遊戲了，現在卻要我放棄我的獎品？好像有點過分呢。」

「你……為什麼……要這麼做……」守人看著眼前的男人，咬著牙吐出這段話。夸特恩正悄悄地汲取他的力量，似乎在盤算著什麼。

——你想幹什麼？

少年在心中質問夸特恩。

他意識到夸特恩正在和某個聲音交流，茉妮卡已經沉寂下來，但腦連線還繼續維持著沒有切斷，那麼夸特恩能夠連繫上的就只有梅杜莎了。他的意識突然變得有些模糊，卻分不清楚是身體帶來的疲勞感還是其他東西造成的。

「我只是想創造一個理想的新世界。這個世界實在太不公平了，我要重新建構世界的規則，改寫人類的世界觀和歷史。很抱歉必須要犧牲那個女孩，如果可以我也不想那麼做，可是……」因摩陀察覺到身旁的異樣，大氣震動，風的流動被某種東西吸引聚集到他的周圍。

能量波動從少年體內爆發而出，機關巨人悄然出現，攫走那股龐大的力量，他將能量凝聚成團，高密度的黑色球體被吸入胸口的發條機關，接著中心處閃出激烈的光芒。因摩陀身旁的氣流高速地凝縮，空間某點上突然產生的重力抓住了氣流，壓縮著空氣和雨水，一個微型黑洞瞬間成型。

怎麼可能！

因摩陀的身體瞬間被重力牽引，只能用尚未完全恢復的身體抗拒著沉重的黑洞重力，他維持著身體平衡，想盡辦法靠在氣流上頭。衝突的風向形成猛烈的氣旋渦流，捲著雨水聚成小型的龍捲風。狂風打在因摩陀身上，他已經快撐不住了，風的渦流正拖著他的身體緩緩拉向黑洞中心。

因摩陀的心臟極劇地跳動，沒想到那個巨人竟然能夠製造出微型黑洞！從他成功戰勝自己的影子之後他就再也沒有如此地恐懼過，不管面臨什麼的敵人他都無所畏懼，但是面對一個微型黑洞……

一旦被黑洞吸入就完蛋了！他不知道被吸入黑洞之中是否能夠殺死他，但可以確定的是他將不復存在這個空間平面上，他會被彈到哪裡去？是無垠的宇宙盡頭還是太陽中心？亦或是異次元的空間？他用力地將腳陷入地面，企圖藉此穩住身體，強大的引力仍然一步步地將他拉入深淵。

難道我要栽在這裡？他想。

因摩陀感覺自己的身體好像黏土般崩潰變形。

然而黑洞卻陡然消失。

就在他的身體即將被黑洞吸入的前一刻，微型黑洞的形體潰散，爆出了挾帶著大量雨水的氣流，空氣波將他遠遠吹開，像一面透明的牆壁拉著他飛得老遠。

因摩陀摔倒在地，全身泡在泥濘中。

他緩緩站起，心有餘悸地看著倒在地上的守人，寒意涼上背脊。那股力量不是少年的能力，而是機關巨人的。

他心中已經隱隱猜出兩者之間的關係是怎麼回事，巨人的動作很顯然是從守人的身上拿走了精純的暗能量塊，並作為交換藉此發動微型黑洞的攻擊。他卻完全不明白為什麼那個黑洞會突然消散。

疑惑油然而生。

但是已經不重要了。

他現在唯一要做的事情只有打開「洞」。

能夠阻礙他的東西已經不存在了。

少年和他的戰鬥已經結束，全身肌肉連同骨骼嘎嘎作響，痛覺和身體快速恢復的痠麻感侵蝕著他的意識，還要再過一會兒才能完全復原。少年的速度和力量都出奇地大，連內臟都受到不小的傷害。

因摩陀移動視線，落在季禘明身上。

連夸特恩的絕對實現也失敗了……守人絕望地看著因摩陀走向失去意識的禘明，那男人用一種遺憾的神情望向她。

「不要……別這麼做啊……」他發出虛弱的哀求。

因摩陀不理會少年的請求，將「覺醒」含入口中，輕輕地將少女抱起，然後彎下身親吻嘴唇，用舌頭打開牙齒的縫隙，將口中半融的藥丸推入少女口中讓她吞下。

他抬起頭注視少女的臉龐，靜待藥效發作。

「覺醒」並不單純只是能夠激發人類成為影子使者的藥劑而已，還能夠在有限範圍內提升使用者的能力，流入他口中的些微融體已經開始生效，助長身體的恢復力。

要讓附身型的影子使者失控，「覺醒」無疑是最佳的催化劑。

手上的能量飛快地膨脹，濃稠的能源體瞬間就覆蓋少女全身。

她的身體開始劇烈痙攣，黑影蓋過少女美麗的臉孔，右手凝聚的能量化成銳利的巨爪，沿著身體曲線附著的影子開始揚起毛髮，圓潤纖細的手指變得鋒利，獸毛逐漸膨起，面部暴凸，裂開的紅色口器露出尖牙。

從身體內發出刺耳尖嘯。

懷中擁著的影獸瘋狂掙扎想要逃離，因摩陀沒有太多猶豫，以全力壓制，左手五指聚攏尖端變成棘刺，毫無憐憫地插進少女胸口。她停止扭動，身體無力地喘息。因摩陀的手掌逐漸穿透肌肉深入影獸體內，直接碰觸到少女的身體，然後繼續深入，他將變化的少女放到地上，右手扳住影獸胸口的縫隙，用力將左手掘出的洞口擴張。

獸的表皮和筋肉箝住他的手指，阻止他繼續向前，他泛起笑意，用更大的力氣挖掘，手指好像斷了，指甲皮肉滲血，但是依舊繼續挖掘。

挖掘挖掘挖掘挖掘挖掘挖掘挖掘……

黑影發出刺耳的尖嘯，原本女性體態的影子已經完全變化，少女成為徹底的獸。

因摩陀擴張他所掘出的洞，滿意地在夜風中大笑，抽出雙手看著他的作品，直徑約十公分大小的洞在獸的胸口開啟，如同風穴吹出滂沛的黑暗之息。

狂獸舉起右腕，猛然一爪將因摩陀掃出十幾公尺之外。

爪子掄出慘烈的傷口，血液射灑在半空中。

獸開始移動，銳爪刨開泥土，在預鑄的建材上砍出巨大的破口，腳下深深壓出足跡，全身毛髮直豎，狂怒賁行。

那是守人從未見過的原始姿態。

咆吼震天價響，音波震開風雨，牠破壞著周遭的物體，輕而易舉地將樹幹削開，兇爪在空氣中旋舞，像隻瀕死的猛獸般掙扎。洞口逐漸在牠的胸前擴張，形成五十公分左右的洞穴，獸的身體搖晃停止吼叫，呼吸變得凝滯，開始癱軟無力，最終那巨獸頹然倒下。

「啊……啊啊啊……」少年的喉間發出悲鳴，眼淚從他的眼中湧出。

恢復過來的因摩陀站在不遠處，看著眼前的景象。

他瘋狂地大笑著，胸口一片血肉模糊，肋骨被抓成碎片，內臟也還在修補，但他就是忍不住放聲大笑。他感覺到那龐大的能量正藉由那頭影獸胸口的洞流竄到這個世界來，濃烈的暗能量發散在大氣之中。他痛快地呼吸，感受能量經由肺臟融入血液之中，充斥在身體各個角落的滋味。

因摩陀感覺身體恢復的速度加快了些，雖然身體無法直接吸收能量，浸盈在能量充沛的環境之中還是能夠有效地提升能力素質。

黑壓壓的厚重雲層盤據在天空中，似乎是被黑洞產生的巨大氣流所影響聚集而成，雲層阻絕了月光，周遭已經沒有其他光線，只剩下偶發的陣陣閃光雷鳴在雲層中爆炸，無盡的黑暗籠罩了大地。因摩陀調整瞳孔，快速地適應黑暗。

「她變成這個樣子你有什麼感覺呢？憤怒嗎？悲慟嗎？無助嗎？還是絕望？你不是說要殺了我嗎？躺在地上哭泣要怎麼殺我呢？她是你珍惜的人嗎？如果是這樣的話還繼續躺在地上就是你的錯了啊！你應該站起來像剛才那樣不顧一切地痛毆我才對啊。時間已經不多了喔。還是你要喚出那個巨人來阻止我呢？」

因摩陀走到少年身旁低頭望著，雨水布滿他的臉孔，從鼻尖累積滑落，滴在守人的臉頰上頭。

「覺得自己很弱嗎？」

「…………」

「你很強啊，但是現在面對我這個弱小的影子使者卻只能跪在我的腳邊喘息，如果我是一般的肉身的話已經死了好幾十次了吧，很可惜我這個人只有這麼一個優點，那就是不死之身啊！」

因摩陀用腳尖輕觸少年的頭。

踩壓。

「回答我，你現在到底是什麼心情呢？」

「我……」

「什麼？」

「殺……你……」

「我聽不見啊。」

「殺了……我要……殺了你！」

「哈哈哈哈哈哈哈哈哈——」

因摩陀丟下毫無力量的少年，轉身走向倒下的影獸。

「去死吧！」

因摩陀感到守人體內的微弱能量消失，心中一震，但是已經來不及了。

夸特恩再度現身，將抽取出的微小能源塊放入胸口。

天空凝聚的烏雲顫動，強烈的閃光在他身後暴起，伴隨而來的是一道青紫色的超級閃電，壓縮電漿蘊含著巨大電荷能量噴射而出，如同天火般瞬間劈向因摩陀的身軀。高壓閃電穿過因摩陀，在潮濕的地面炸出轟隆閃光。

因摩陀徹底地倒下了。

天空還閃著枝狀雷電，烏雲持續釋放電荷照亮烏黑的天空。大雨滂沱地下著，藍色的電漿火燄纏繞在因摩陀焦黑的身體上熊熊燃燒，他倒臥在閃電轟出的窟窿內，焦黑的硬土被雨點覆蓋軟化。

殘焰被雨勢澆熄，只餘下灰煙在黑暗中繚繞。

ch8.

死鬥的終末

影拳和狼頭彼此交纏，彥丞對史賓森展開猛攻。

他放棄彈射所帶來的加速度，以純粹的體術進行攻擊，身體低伏衝入史賓森的正面。

影拳率先揮出，如同颱風的軌跡一般盛開，史賓森肩上的狼首威嚇地低吼，幾乎就要咬中影拳，高速的拳頭打擊在牠的長頸和喙邊，扭曲了表情，但卻牠沒有彥丞預料中的受到重創。

彥丞在極近的距離與史賓森展開體術搏鬥，由於影拳被牽制，勝負便取決在本體的戰鬥結果上。

他旋轉腰部加重打擊力道，黑人的速度卻完全在他之上。史賓森輕鬆地閃過彥丞的拳頭，一腳踹向他的肚子，厚實的軍靴踩進腹腔，將橫隔膜用力推擠，足以令人失去意識的痛楚傳來，肺臟被擠壓，胃劇烈抽搐。

彥丞抓住黑人的腳，使盡全身力氣將他甩開。

風疾速朝著身後捲去，吹向位在彥丞後方，那是守人戰鬥的方向。

他忍住嘔吐感，奮力向前衝刺，影拳十指交握，在天空中高高舉起捶落。

史賓森著地後立刻跳開，黑色的手腕敲在嶄新的柏油路面上，連陸橋根部的基座都在震盪，新鋪成的地面被轟出細微裂紋，命中的位置凹陷。

打在狼首身上的那幾拳同樣讓史賓森感到痛苦難耐，身體有幾處隱隱作痛，但是還可以繼續打鬥，他飛身衝向少年，企圖攻擊他的身體要害讓他倒下，少年則以沉重的影拳回應他，他以動物的本能反射避開，然後迴轉身體以手臂加上離心力打擊彥丞的臉。

彥丞被一擊轟飛，以影手抓住地面減速落地。

他的嘴唇破裂流出赤紅鮮血，鹹腥的味道充斥在口腔內。

可惡可惡可惡……就是沒辦法打中他！彥丞惱怒地想，連加速過的影拳都沒辦法打中他的話，自己到底要如何戰勝眼前的對手？

原來自己是個沒有能力就一無是處的垃圾嗎？

肚子痛得要命，右臉頰不爭氣地腫脹起來，雖然還不至於失去意識，但是腳部已經有些踉蹌，他用力地跺了跺地面，讓腳穩定下來。

史賓森再度突襲，狼首伸長了頸子恨不得咬下他的影手，牙齒擦過表面時就像刀子劃過手腕一樣冰冷。影拳交叉打擊著狼首，牠卻不痛不癢地繼續進攻。

彥丞持續朝史賓森揮拳，黑人的速度似乎略微減弱，攻擊已不再犀利刁鑽，拳頭也逐漸可以碰觸到他的身體，雖然還是每每被堅實濕潤的肌肉滑開，可以碰觸到史賓森身體的事實又開始讓彥丞變得亢奮。

手指滑過肉體的觸感傳來，而不是虛無的空氣，他抓準時機進行誘導攻擊，同時用影拳干擾史賓森的視線，一記肝臟攻擊在史賓森的腹部炸裂，讓他的身體瞬間靜止。

少年不斷揮拳，享受著回饋而來的快感，史賓森用手肘捶向他的背，椎心的衝擊讓他全身麻痺，渾身頓止，影拳繼承他的攻擊意識持續進攻，此時數匹蒼狼衝入兩人之間，為史賓森擋住影拳，牠們不住哀嚎，一部分痛苦傳遞到史賓森的腦海中。

「喂喂，這犯規了吧。」彥丞出言譏諷。

「……」

史賓森渾身冒汗，如果不是影狼替他擋住那幾拳，自己說不定就爬不起來了。這少年的身手雖然不錯，對付起來卻也沒那麼困難，真正麻煩的是那兩條手臂，每次揮過來的拳頭都讓他心生寒意，打在芬里爾身上還可以忍受，如果打在自己身上恐怕不是斷幾根肋骨就能解決。

戰鬥到現在，他必須重新評估對手的實力。

他原以為芬里爾可以完全牽制住少年的能力攻擊，所以就算不讓影狼協同自己也可以在肉搏戰上完全打倒他。現在已經累積了太多的痛覺，身體已經無法完全活動自如，而眼前的對手腳步搖晃，看來也沒好到哪裡去。

數匹影狼匍伏而上，全被那可怕的手臂轟飛，意識開始飄浮。

——別讓牠們上去送死！

他警告芬里爾。但是狼首卻露出破敗的微笑，粉紅色的舌頭垂在嘴邊，貪婪地盯著影手。

他壓制群狼，讓牠們全部回歸影子，只留下監視另外兩處戰況的狼。

雖然無法直接透過狼眼看見畫面，但狼群的情緒仍然足以判斷形勢，科靈雖然人多勢眾，也沒占太多優勢，只能纏住那兩人。而因摩陀那邊……

眩目的電光在黑暗中閃動，一道無與倫比的雷電劈開烏雲從天空轟下，瞬間將周圍照成白晝，爆音緊接著閃光到來，兩人都忍不住掩住耳朵，看著殘留在天邊的青色閃電。

「怎麼回事……那個閃電……」彥丞被巨大的落雷震懾，翁子囷同樣回望。

他轉過頭來，拳面互相敲擊。

「不管那麼多了，只要打倒你這傢伙，其他事我才不管。」

趙玄罌和鍾遠川面臨著十幾個手持武器的淺覺醒者包圍。鍾遠川原本想使用武器直接應戰，在趙玄罌的警告下，不得已調整了輪轉手槍的威力。調整過後的子彈威力雖然下降，要壓制這些淺覺醒者還綽綽有餘。雖然那些人像是不怕死一樣拚命進攻，但是要自保還是沒有太大的問題。

鍾遠川的射擊已經讓三、四個人完全失去了意識，不過其他人還是一直像是殭屍一樣不斷爬起來，如果不是趙玄罌護著他的後方，或許他會栽在這裡也不一定。

他看著站在遠方露出邪笑的白人男子，忍不住皺眉。

趙玄罌擔心著守人和禘明的情形，無法戰鬥而躲起來的茉妮卡似乎是用了能力在幫助守人，不過他再怎麼想都不認為守人能贏過那個怪物。光是科靈．威爾斯就這麼難對付，更何況是因摩陀這樣的人物。

那些淺覺醒者前仆後繼地進攻，毫無意識地擺弄手上的武器他們都注意到了遠方的雲層正以異常的速度聚集，暴風呼呼吹襲。

趙玄嚳氣喘吁吁地閃過一個淺覺醒者的攻擊，用手上的平底鍋砸向他的腦袋。他張開了七十七枚眼睛，能夠完全掌握戰場上的情況，雖然沒辦法成為戰力，要對付這些淺覺醒者還算過得去。

他守護在鍾遠川身後，兩人背靠背面對敵人包圍。

剛開始要用平底鍋砸一般人的腦袋他還覺得有點下不了手，現在卻順手地揮舞著鍋子，人果然是習慣性的動物。

雖然在人數上陷於完全的劣勢，但是來者完全不思考，單細胞生物般進行攻擊、被打倒、再起的循環，無論再怎麼不怕痛最後還是會因為身體受損而倒下。

他們守住一波波的進攻，不過片刻又有好幾人倒下，淺覺醒者的人數已經降到十五人左右，只要繼續撐下去就能打敗他們。

一道巨大的落雷在守人離去的方向落下，閃光將屋內映得青白，眼睛因為突然的不適應而反射性地闔起，鍾遠川從沒見過如此恐怖的閃電，遠方的天空被青色的火焰燒灼著，雲層亮作一片，接著轟轟雷鳴到來，整個屋子都因為音波而顫動，三人都被那強烈的閃光和雷鳴給震懾住。

「到底是怎麼回事……」

鍾遠川手掌劈向其中一人的喉頭，然後一槍擊暈了他。

「趕快把這些傢伙解決掉吧。」

那個少年的潛力很大，不管那閃電是哪一方引起的，都是相當致命的攻擊。如果守人隨隨便便就被解決的話是不會讓因摩陀使出那種攻擊的，反過來說也一樣。除非……還有其他的使者在幫助因摩陀……

科靈臉色鐵青，搞不懂自己為什麼一直沒辦法攻下那兩人，持槍的傢伙也就算了，那些智障竟然連拿著平底鍋的白痴也搞不定。他火大地觀察兩人的身手，持槍者很明顯懂得武術，但是另一個人他可就搞不懂了，明明動作笨拙，卻又可以躲開各種攻擊，連從視線死角進攻的淺覺醒者也被他手中的平底鍋打倒。

鍾遠川的連續射擊又打倒了兩人，藉著桌椅阻擋避免被徹底包圍，他咬著牙，巴不得用胸前的葛拉克一次將他們全部掛掉。

守人奮力撐起身體，拖著無力的身體蹣跚地向倒在地上的巨獸走去。影獸的身體已經明顯地縮小了一大圈，衰弱地喘息。那深不見底的洞穴依然存在牠的胸口，而且正在擴大著，好像無底洞般般深不見底，他無力地用雙手碰觸影獸的胸口，想學因摩陀打開的方式反向將它關閉，徒勞無功。

雖然肉眼看不見，守人還是能感覺到能量正源源不絕地噴發，流動的能量逐漸撐開洞，像是在搾取影獸的生命般，洞穴增大一分，獸的身形就縮小一分。

「夸特恩……關閉這個洞。」少年跪倒在女孩身旁，下了指令。

他體內僅存的最後能量被巨人汲取，微弱的希望之火在巨人體內燃燒著。

機關巨人雙掌捂在影獸胸口的洞穴兩側，壓制著洞口噴發出的能量然後逐漸將雙掌合攏，能量緩慢且有力地抗拒著他的閉鎖，最終還是敵不過巨人的力量，影獸身上的洞口被完全封閉。

收闔的洞穴皺褶纏繞交疊，然後逐漸癒合，恢復成獸的型態。

獸的毛髮從少女的身上褪去，像是枯黃的草枝散落一地，守人使勁全力伸出他不聽使喚的手，輕輕地撥開那柔軟的細毛。季褅明躺在影獸體內，像是穿著巨大的布偶裝。她的影子開始渙散，守人將臉湊近女孩蒼白的臉孔，傳來微弱的氣息。

——她沒事，只是影子遭到太強烈的傷害而昏了過去。夸特恩解釋。

守人聽了巨人的話，眼淚汨汨湧出。

巨人消去身形，讓少年將體內僅存的能量集中加速恢復。

因摩陀躺在水窪中，嘗試動了動半碳化的手指，卻一點反應也沒有。全身的神經幾乎有九成被強烈的電流破壞，肌肉有半數以上全部碳化。那道閃電又一次出乎他的意料，他早該注意到雲層的不自然，但就算注意到了也沒有用，他再怎麼快也快不過閃電。

他想起好久以前的一場戰鬥，他面對著史上最強大的影子使者，那是他唯一一次的慘敗。他的肉體被打到完全潰散，花了好幾個月才重新具現出肉體，他可不想再次重蹈覆轍。雖然閃電的威力還沒辦法使他直接蒸發，但是如果不做任何防護，大腦直接被破壞的話還是需要很長時間來恢復。在閃電降臨的最後一刻，他將影子包覆著重要器官的骨骼、體液、筋膜等全數絕緣體化，只要保住大腦和主要內臟他就能夠以最快的速度復元。

皮膚快速地再生，重建的神經組織已經開始工作，傳遞來會令人瞬間暈厥的痛楚。身體已經能動了，肺臟和心臟也開始正常運作，他還需要一點時間讓血液流向身體末端，微血管一向是麻煩的部分。

他最終是克服了，幸虧有那豐沛的能量流加快了身體的再生。他驅動手臂和大腿，炭化的身體組織從他身上散落，然後是上臂、小腿，接著是腳趾、手指。眼球也在雷擊的瞬間就完全燒焦，他眨了眨眼睛，重新適應周圍的黑暗和閃現的光。

儘管已經能夠站立，他的身體仍然還沒完全恢復。因摩陀試著移動腳步，卻腳底一滑跪倒在泥濘中。

這是他第二次面臨這種程度的打擊，這個年輕人遠比他所預料的強大。不管是微型黑洞也好、召喚落雷也好，全都是會令他心生畏懼的能力，再加上能夠預測到他的動作，還有那詭異的迴避姿態——必須要在此徹底地打敗他，他心裡想著。

空氣中的暗能量濃度已經減弱，連那個洞口也被關閉了嗎……

他咬了咬牙，奮力驅動身體爬出這個焦黑的泥坑裡，濕軟的泥巴讓他滑了好幾次。

因摩陀穩住身體，再度站立，然後朝著不遠處的兩人走去。

少年抱著女孩，卻沒有足夠的力量移動。他明白少年的手已經廢了，憑他現在的狀況是不可能帶著那女孩逃走的。他走向守人，在他的眼裡看到絕望的恐怖。

「這……這不可能……」

「我說過了，我沒辦法被殺死的。如果可以的話我也想死掉，但是沒辦法，就算你用剛剛那種閃電劈我幾百次我都死不了，就算被烤成焦炭我都能復活。這就是我的能力，很可悲吧？」

他泛起笑意，走向兩人，然後一拳揮開守人，從他手中奪走少女，因摩陀還沒有足夠的力氣對付他。從科靈那裡取得的「覺醒」已經被閃電全部燒掉了，他只好以身體組織轉化組合出極度類似「覺醒」的藥物，雖然效果比不上「覺醒」優秀，但是已經足夠了。他將藥丸塞向少女的嘴唇，正準備用手指將藥丸壓入。

一股異常的能量聚集，週遭的暗能量彷佛都被少年吸引集中。他放下少女，轉身看著守人。

少年雙手垂下，軟弱無力地勉強站著。

經過剛才的能量釋放，風雨已經開始轉弱。但兩人都必須努力穩住身體才能夠不被風勢給吹倒。

「果然還是要先解決你才行啊……」他用低啞的聲音說。

「你就非得這麼做不可嗎？」少年問。

「沒錯……那是我的理想，是我存在這個世界上唯一的意義。」他嚥下湧出的唾液滋潤喉嚨：「為了證明自己還是人類，我必須得這麼做才行，非得這麼做不可啊。如果我失敗了，那就證明我只是個怪物。不只是我，所有的影子使者都是異於人類的怪物。不管是你也好、還是那個女孩也好，通通都是危害這個世界的怪物啊！」

「小明……她也說自己是怪物。」

「是的，看來她比你我都明白。被那種落雷劈中又可以馬上站起來的東西不是怪物的話究竟是什麼呢？可以喚出黑洞和閃電攻擊的東西不是怪物又是什麼呢？變成黑色的獸狂亂地攻擊不是怪物又是什麼呢？我很想知道答案，所以不要再阻止我了。」

「這麼做你就可以知道答案嗎？」

「不去做的話怎麼會知道？」

「……怪物又怎麼樣呢。」守人冷冷地看著眼前的男人。

「……難道怪物就沒有資格存在這個世界上嗎？」少年說：「難道怪物就沒有活下去的資格嗎！」

「難道你想說這種能夠破壞世界規則的怪物們可以在世界上安身立命嗎？」

「我管你那麼多！」守人全身顫抖，拚命地大吼：「只要我喜歡的人都可以活下去就好了啊！想活下去有什麼不對，難道非得拚個你死我活，追根究柢不可嗎？」

「…………」

「我才不管你要做什麼實驗，你要去殺多少人我才不在乎，只要你別碰我在乎的人就好了，你要把世界翻過來也不關我的事！」

「這就是你存在的價值嗎？」因摩陀盯著少年的眼睛，腳步緩緩向後。

「那又怎麼樣？難道一定要像你一樣有野心嗎？」

「不怎麼樣，」因摩陀微笑：「但是你要怎麼阻止我呢？」

少年的眼睛射出詭譎的紅光，直勾勾地定住因摩陀的身體。

……怎麼回事？全身無法動彈，像是被千斤重的鎖鏈綁縛身體，神經反應完全正常，四肢卻不聽使喚。

夸特恩具現在兩人之間，胸口的火燄前所未有的巨大。

空間陡然縮退，因摩陀身體兩側赫然出現強烈的光線，空間逐漸變形旋轉，漩渦般扭曲，中心點出現細小的空洞，然後急速擴張，兩個新生的蟲洞包圍著因摩陀，一側的蟲洞對面是無垠的藍天，另一側則是黃橙橙的沙漠，空氣變得灼熱。

蟲洞並沒有將他拉入的引力，他拚命扭動頸子，卻只能勉強轉動眼球，在那藍色的天空末端看見一個微小的黑點。點逐漸擴張，然後他看見那是伴隨著震耳欲聾聲響的火箭飛彈。

他想移動身體躲開，但身體卻紋風不動。

「總算是逮住你了。」他聽見少年的聲音，一枚導彈撞向他的側面，將他的身體扯得支離破碎。

他的身體被彈頭前端的導針穿透，連著彈體將他拖入另一個時空，導彈帶著他破碎殘缺的身體以超音速向著沙漠落下，耳邊傳來轟轟的破空之聲。

「太漂亮了……」因摩陀眼前一片湛藍，橙色的尾焰熊熊燃燒，噴射雲尾直達天際，他看著遠去的青空，忍不住讚嘆。

蕈狀雲在沙漠中猛烈升起，捲帶著濃煙、火焰和沙塵，先是橘紅的爆焰，灰黑的煙砂覆蓋其上，震波轟隆隆地搖晃大地。

宛若一朵死亡的鮮紅薔薇。

在核子爆炸的中心點，因摩陀的身體完全被抹消。

蟲洞消失，守人運用體內最後的能量塊將周圍溢散的暗能量全部聚合，在體內重新凝聚出龐大的能量塊，才足以讓夸特恩造出兩個串聯的蟲洞，現在那股能量已經完全消耗殆盡，夸特恩的身體失去原有的光亮，金屬甲冑變得黯淡，身體逐漸停止運作，色彩褪去只留下灰黑的顏色，消失在夜空中。

彥丞跪在地上，氣喘呼呼地看著史賓森，他失去了一隻聚縮的影手，右手皮膚迸裂灑出大量的血液，另一隻影子手臂也即將潰散，兩眼矇矓地看著眼前的使者。

史賓森同樣好不到哪去，芬里爾的下顎幾乎被扯開，搖搖欲墜地垂在旁邊，因為吞下了李彥丞的影手才沒有被消滅，那股能量聚在史賓森體內，脹得快要讓他昏過去。

他從影狼的情緒得知因摩陀消失的訊息，心中突然感到徬徨。

那個人……死了嗎？

我現在該怎麼做？他質問著自己。

還要繼續跟眼前的少年戰鬥下去嗎？

說實話他已經沒有足夠的力量在繼續戰鬥了。芬里爾已經連一匹影狼也喚不出來，破破爛爛地掛在他肩上，他的身體同樣要分享芬里爾身體的傷害，狼首雖然吞噬了能源體，但是自己也已經無法戰鬥，而眼前的少年雖然身受重創，但還留下一條手臂。

那隻影手可以輕鬆地取走他的性命。

少年的眼神還沒放棄戰鬥。

彥丞瞪視史賓森，然後無力地站起，他的血隨著雨水流到地上，漾起暗色的紅，右手已經完全廢了，那狼頭咬下影拳的瞬間，手臂受到痛覺劇烈反饋，血管破裂，皮膚也出現深深的缺口，狼的牙印出現在手上，接著他用另一隻影手拑住狼的顎部，將牠的嘴巴硬生生扯爛，左手掌也同時出現傷口。

他看著那蹟潰軟的狼頭。

同歸於盡……還不錯嘛……

自己是什麼時候產生這種怯懦的念頭？

「小鬼，你叫什麼名字？」史賓森指著李彥丞問道。

「……李彥丞，我叫李彥丞。」

史賓森喃喃念了幾次，然後生硬地說：「我叫史賓森·麥爾，你很強，我會記住你的。」

「……你要逃走？」

「那邊的戰鬥已經結束了。」他指著彥丞身後，守人戰鬥的方向。

「那關我屁事？我和你必須要有其中一方倒下，除此以外都不關我的事。」彥丞捏緊左手。

「那就算我輸。」史賓森退後幾步，頭也不回地離開。

「別走啊！喂、喂——」李彥丞朝著夜空狂喊，頂頭的雲層已經消散了一些，大雨停止，月光穿過被閃電撕裂的雲塊，在濕潤的空氣中投射光暈。

後腦被人敲了一下。

「你是白痴嗎？」子園站在他身後，臉上的表情看不出情緒。

「你都已經快站不起來了，還打個屁啊。」

彥丞發出不滿的咕嚕聲。

「有什麼不爽就說出來啊！」

「好吧……既然他都認輸了。」

「怎麼看都是你輸吧？」

「幹……老子不爽啦，快點載我去追他啊。」

「你去死算了。」

黑騎士用安全帽敲了彥丞的頭，然後無奈嘆氣。

鍾遠川抓住機會，將提高威力的子彈射向那使者。科靈想也不想地避開射擊。

「可惡……」鍾遠川暗罵。

那個使者竟然能躲開子彈射擊？

「這些傢伙太難對付了。」趙玄罌敲人敲到手掌發軟，就快要握不住平底鍋的握把，固定的螺絲也已經鬆脫，在多次和球棒接觸之後鍋體徹底變形變得歪七扭八。

體力也已經到極限了。

微弱的電子音樂響起，他們看見科靈拿起手機說了幾句話然後臉色變得很難看，那些人不再繼續進攻，淺覺醒者們放下武器，拖著疲軟的身體慢慢退後。

「怎麼回事……」

「他們好像打算撤退了，可能是另一邊分出勝負了？」

科靈看著他們，然後肆無忌憚地朝著他們走來。

「到底是怎麼回事？」

「我們的老大消失了，他輸了，所以沒必要繼續打了。」科靈忿忿掉頭，然後讓那些淺覺醒者護著自己匆忙離開。

「他說因摩陀……輸了？」鍾遠川不可置信地說。

「守人那孩子……成功了嗎？」趙玄罌突然鬆懈下來，體力不支得坐倒在地上。他煞費苦心裝潢的店如今好像戰場一樣被搞得烏煙瘴氣，就算被戰車砲轟到也差不多是這個程度而已。

聽見騷動停止的茉妮卡也從地下室走出來，呆呆地看著他們。

「守人他贏了噢。」她說：「不過好像昏過去了。」

「……是喔。」趙玄罌無力地說。

他看著周圍倒下的人們，他們身上都受了不小的傷，十幾個人零零散散地趴在地上，他連要不要叫救護車都不知道。

「現在該怎麼辦？」

「總之先想辦法過去看看那邊的情況吧……」鍾遠川拉起倒在地上的椅子坐下。

「那搭我的車過去吧……可是又不知道路……」

「我知道噢。」茉妮卡表示。

「那就好辦了。我先打個電話通報警察來把這些傢伙帶走……」趙玄罌走到電話旁，幸好電話線沒有被截斷，他環顧店內，看著歪七扭八倒在旁邊失去意識的那些毒蟲，忍不住嘆氣。

鍾遠川點點頭，坐在椅子上緩和呼吸，大雨已經停止，月亮從雲層間悄悄探出頭來，灑下玉黃光輝。

科靈已經不見蹤影，那個狼使者也始終沒有出現。

他放鬆緊繃的身體，靠向椅背。

通報完畢之後趙玄罌開車載著一行人朝著幽闇森林深處的工地前進，途中正好遇見載著彥丞的黑騎士。李彥丞渾身是傷，手臂上纏著浸成鮮紅的繃帶，癱軟地趴在後座。

「他的手傷得好重啊。」趙玄罌看著彥丞的手，那個出血量有點危險。

「這個傷勢得送他去醫院才行。」

「妳有認識的醫生嗎？」

翁子園搖頭。

「這傷勢會引來警察吧，妳要怎麼解釋？」

「被狗咬的？」翁子園說：「如果不行，就只能透過我爸去找地下診所……」

「妳知道劉懷澈的診所？跟她說是我介紹的就可以了。」趙玄罌說。

「那真是太好了。」翁子園道謝之後便蓋上防風鏡，催動油門離開。

厚重烏雲散開，稀疏的月光透過薄雲朦朧地照耀大地。他們驅車離開一般道路，轉進狹小的的林道，最後在混亂的林間工地停下，焦黑的落雷坑積著雨水，鏡子般反射著天空的光。

少年擁著少女，靠著公路橋墩沉沉睡著。

ch9.

暫時的縮退

我睜開眼睛，再一次仰望那片灰白的天花板。

「你總算是醒了。」鍾遠川的聲音從我身旁傳來，我轉頭看向他模糊的身影。

「發生什麼事了，我……我怎麼會在這裡？」記憶一股腦地甦醒，我想起與因摩陀的戰鬥，身體本能地用力起來，卻瞬間被疼痛扯住。

「不要亂動，你上半身的肌肉幾乎都被你自己給撕裂了。」

「小明呢？小明在哪裡？」我慌張地問著。

鍾遠川嘆了口氣，指指我的床邊，茉妮卡和褅明各自占據床的一側，靠著我的身體呼呼地睡著了。看見小明的睡臉，我像是洩了氣的皮球般整個人癱軟在床上。

「這裡是……劉醫生的診所？」

「是啊。」鍾遠川點了點頭：「你到底是怎麼打倒因摩陀的，是那記落雷嗎？」

不僅鍾遠川滿臉疑惑，連我自己也不敢相信竟然能擊退那個怪物。

「我沒有打倒他……」我輕輕搖頭：「是用飛彈將他撞進不久之後的未來去了。」

「未來？」鍾遠川簡直不敢相信自己所聽見的話。

我鉅細靡遺地向他說起我和因摩陀的戰鬥，從他給我的手套和茉妮卡的未來計算，夸特恩的微型黑洞失敗和超級閃電。我一五一十地娓娓道出全部。

鍾遠川十分冷靜地傾聽我的描述。

「竟然連那道閃電都沒辦法殺死他……你最後到底是怎麼做的？」

「夸特恩開啟的那個微型黑洞和閃電幾乎把我身體內的能量都耗盡了，而那也是因摩陀的失算。他開啟的那個洞流出的大量暗能量，在最後一刻被我吸取了大半。我將那些能量全部轉移給夸特恩，然後對它說出我的計策。必須用這些能量開啟兩個蟲洞，設置在某個導彈的飛行軌跡上，讓導彈在一瞬間能夠穿越到這個時空來，將因摩陀撞進另一個時空之中。」

「所以……那真的消滅他了？」

「不，我認為他沒那麼容易死去。」我婉惜地說：「見過那道閃電劈開他的身體之後我也以為他死了，但是過了一段時間他又幾乎完全復活。不過他還是花了好些時間才將身體恢復，那顆導彈應該可以讓他完全蒸發，就看他到底需要花多少來再生了。我也不知道那個導彈的正確時間和位置，總之是近未來就是了——幾個月內或是幾年後他又會完好如初地回來吧。」我緊握著那包滿繃帶的拳頭，痛楚讓我的頭腦更加清醒過來。

鍾遠川向後靠在椅子上，若有所思地看著我。

「沒想到你竟然有這種力量。」

「一切都是夸特恩做的，我只是提供想法和能量罷了。」

「別這麼想，要是失了任何一個環節，我想或許我們現在就不能像這樣閒聊了。」

「嗯……」

我在心中呼喚夸特恩，卻令人失望地毫無回音。

小明被我們的說話聲弄得幽幽轉醒，有點迷糊地朝著我的方向看來，嘴角還殘留著口水的痕跡。

「守人……」她的表情從剛睡醒的迷糊開始變得清醒，端視著我的臉，眼角婆娑地蓄著大滴淚珠，然後撲到我身上開始大聲地哭了起來。

「哇啊啊啊——」她摟著我號泣，雖然壓得我快痛暈過去了，但要我將她推開是不可能的，不管是從心理上或生理上我都做不到。她的身體傳來暖和的溫度，眼淚滴落我的胸口。

「我都醒來了，妳還在哭什麼啦。」嘴角忍不住笑意。

「哇啊啊啊啊——我、就是想哭嘛——」她哽咽地邊哭邊說。茉妮卡被她的哭聲吵醒，伸了個懶腰之後用那對朦朧的碧綠雙眼望向我，笑著又壓上來。

「守人醒了啊哈哈哈。」

「啊啊啊——」我開始慘叫，痛得眼淚都流出來了。

「快……住手啊你們兩個……」

鍾遠川露出一個溫暖的微笑，那是我第一次看見他那樣笑，然後他起身走向病房外頭。

「我該去追那兩個傢伙了。」他對我道別。

「遠川大哥，」我忍著身上的劇痛對他說：「真的很感謝你。」

「我只是做我該做的。」他搖搖頭，推門離開病房。

茉妮卡滾過我的身體下到另一側，像個小孩子般蹦蹦跳跳地跟在鍾遠川之後跑了出去，過沒多久趙玄嚳和劉懷澈醫生也進來了。

「你這小子真行啊！」趙玄罌戳戳我的頭，非常興奮地說著。

「病患需要靜養，你們全部給我滾出去！」一陣嬉鬧之後，在一旁檢查我的身體狀況的劉醫生斥道。

等到全部的人都依依不捨地走掉，她幫我調整點滴，用聽診器在我身上按了按進行診斷。「你真是太亂來了。實在沒看過像你這麼亂來的人，」她劈里啪啦地念出一大堆骨頭和肌肉學名，「這些全都是被你弄壞的部分，下次再受這種自己搞出來的傷，別怪我翻臉噢！」她半警告半開玩笑地說。

我向她道謝之後她就留下我一個人離開。我回憶起那場戰鬥，意識變得有些模糊，然後陷入睡眠。我夢見夸特恩，它似乎十分用力地想表達些什麼，我卻完全沒辦法會過意。醒來之後我重新呼喚它卻沒有任何反應。

我躺在床上，回想當時的情景，可惜還是不能完全解決因摩陀，不過最後那招……如果不是因為有梅杜莎的「石眼」配合，可能還是會被他躲過吧。我想。

在最後一刻，我讓梅杜莎藉由我的眼睛盯死了因摩陀，才成功地讓導彈命中目標將他推入蟲洞之中。

最大的功臣其實是梅杜莎啊。

之後我大吃特吃了一頓，茉妮卡待在醫院照顧我。暮綾姊接到我醒來的消息之後也馬上過來看我。她用微妙的語氣質問我到底是怎麼回事，雖然表面上沒有爆發出來，但我聽得出她相當生氣。

在茱妮卡想方設法掩飾過去之後，她的表情才逐漸放鬆變得和緩。

「算了，你沒事就好。」暮綾姊在床邊抱了抱我，聽過劉醫師的報告之後就回去幫我準備住院用的換洗衣物。

因為事務所準備重新營運暮綾姊似乎忙得焦頭爛額，於是茱妮卡暫時在白天的時候過來幫忙照顧我。

趙玄罌似乎也在為此次事件進行善後。

「妳打算回英國去了嗎？」我對坐在床邊幫我削水果的茱妮卡問道。她正用水果刀把一顆鮮紅的蘋果切得坑坑疤疤。我乾脆接過來自己削。

「還沒有哇。」

「所以妳打算繼續在這裡住下來囉。」

「嗯，在附近的大學裡面修課，然後進行一些研究。」

「研究？什麼研究？」

「祕☆密。」她俏皮地眨起左眼。「反正我不缺錢用，現在暫時也無處可去，只好留下來多打擾你們一段日子囉。」

「股票真的那麼好賺啊？」

「當然囉——其實要賺錢的話夸特恩也能辦到吧，只是有點作弊就是了，例如用絕對實現得個樂透頭獎之類的，比起我和梅杜莎有過之而無不及。」

「……是嗎？」

我覺得夸特恩應該不會同意就是了。

從那天的戰鬥之後，我沒有再召喚過夸特恩，它像是消失了一樣不知道跑到哪裡去了，不管我怎麼呼喚它都始終沒有任何回應，但是我偶爾還能感覺到它的意識在我心中一閃而逝。

「謝謝妳，茱妮卡。」

「嗯？」

「不管是小明還是因摩陀的事，幾乎都是妳解決的。如果妳不在的話情況真的會變得很糟糕。」

「是這樣嗎？我覺得是因為大家都很努力的關係。」她把一塊剛切好的蘋果放進嘴裡。

「可以替我向梅杜莎說聲謝謝嗎？」

「沒問題！」

梅杜莎從椅子下浮起來。「守人要我向你說聲謝謝唷。」茱妮卡對著梅杜莎說。

蒙面的梅杜莎毫無表情，只是轉了個圈向我做了古典的仕女禮。

我尷尬地朝她微笑。

「不過，真虧你能想出那種辦法呢。竟然能在戰鬥的時候想出藉由梅杜莎的能力來封鎖因摩陀的行動。」

「我自己也沒想過能成功就是。」

「話雖如此，至少是暫時把他給擊退了啊。」

「暫時性的。」

「暫時性的，嘻嘻。」

「你還笑得出來啊？」

「嘿嘿嘿。不管怎麼說，比起在這個時間點上與他做正面衝突，能夠稍微把時間推遲一些也好啊。」

「話是這樣說的嗎……」

「對了，你知道那顆飛彈是從哪兒來的嗎？」

「不知道，都是夸特恩弄的。」

「可惜那時候我已經撐不住了，如果有足夠情報的話，要推算出他復活的時間點也不是辦不到的事情噢。」

「那個人……還會再來的吧。」

「或許吧。」

「所以我必須守護小明才行。」

茉妮卡用沾滿水果汁液酸酸甜甜的手撫摸我的頭。

這段住院的日子，小明像是回到了過去的、我所記得的那個她，在我面前總是燦爛地笑著。她會在放學後過來探望我，告訴我在學校裡交到了幾個朋友，每天也幫我記著筆記、勤奮地幫我按摩僵硬的身體。她戴回眼鏡，身上總是穿著整齊的制服，頭髮一天比一天長長了一些，逐漸變成相當俏麗的短髮。

「這幾天，你應該完全沒有碰書吧？」下午和茉妮卡交班之後，小明問。

「有啊。」

「小說和漫畫除外！」

「嘿嘿……」

「你還笑得出來啊？從現在開始請你做好心理準備，我會幫你把功課落後的部分補回來！」

「不要吧……」

「以後不準你再亂用夸特恩的能力。」她湊過來小聲地說。

「那個傢伙早就不知道跑哪去了。」

「咦？」

「那次之後他就沒出現過了啦。」

「不是正好嗎？以後你就不能作弊了。」

「我才沒有作弊！」

「哼……」

「對了，玄罌哥的店裡還好嗎？」我趕緊轉移話題。

「呣，店裡被砸得一團亂，警察也過來蒐證過了，玄罌哥勉強才搪塞過去。正好那些人也是不良分子，所以就被他給蒙混過關了。至於被弄壞的部分……他說只要是錢能解決的都是小事。」

「那妳的身體……應該沒事吧？」

「嗯，牠很乖。」她輕撫胸前，以安撫寵物的溫柔神情碰觸。

看樣子她似乎不記得那一晚的事情了。

恢復以往的樣子雖然很令人開心，不過我現在好像有點懷念她先前那個愛哭又害羞的模樣。

她伸出手，握住我的手指末端，細小的手指涼涼的，感覺非常舒服。

「你真的是個大笨蛋……」小明低下頭，用悶悶的聲音說。

「……幹嘛又罵我？」

「我真的以為你再也不會醒過來了。」她的眼眶變紅。

我不知道該說些什麼，笨拙而直覺地握緊她的手。

「這次……我絕對不會再放開了噢。」她微笑，抬起臉眨著眼對我說。

「嗯。」

末章　鎖鍊與偵探

藍斯・杜因撐著傘行走在大雨磅礡的第七大道上，斗大的雨滴不斷從灰暗的天空中落下，雨勢沉重地壓制住他的傘。他盡可能小心地不讓自己的褲子被弄濕，這可是他最昂貴的一套德國西裝。

強烈的車前燈如流星般在他面前飛逝，他一邊閃過濺起的水花，口中唾罵著那些該死的司機差點毀掉他的褲子。

飯店的門口車水馬龍，服務員替每個下車的客人撐起傘，泊車小弟轟隆隆地開走一輛輛名貴的轎車。藍斯抬頭看向這棟大樓的頂端，雨滴在客房透出的光線中變得清晰可見，他在雨遮下收起傘，踏入這棟氣派華麗的高級飯店。

大廳裡面的人比他想像得還要少，巨大而璀璨的華美吊燈猶如玻璃構築成的城堡般在半空中發出璀璨光輝，大廳被照映成溫暖的黃色。

他先到化妝室內小了個便，用紙巾吸掉被雨噴濕的衣角褲管上的水分，再仔細地用烘手機烘乾。藍斯望著鏡子裡的自己，重新調整他的西裝領口和領帶，將他的頭髮整理一番，讓他自己看起來不要那麼狼狽。他發現鬍渣長了一點出來，他伸手摸摸那些鬍鬚，暗自希望他的客戶不要太在意這些細節。

這可是他接洽過最大方的客戶了，從他在自己公寓開設了那間小小的私人偵探事務所以來，談話的地點不是在事務所就是在附近的酒吧或是咖啡廳，會來找他的人大多是要尋人，或是找外遇的證據，有時候甚至會遇到找寵物的。偶爾也會遇上一些難纏的案子，但是大部分對他來說都是輕而易舉，他只消摸一摸私人物品就可以輕易地知道很多事情，這讓他辦起案子來比別人多了些優勢。

靠這些辦案的酬勞讓他勉強可以過些好日子，雖然案件的報酬並不算高，不過由於查案迅速，口耳相傳之下他的收入也還算過得去，至少在這個城市裡過得還算不錯。他偶爾也偵辦一些謀殺案，後來他卻發現沒那麼容易，他可以清楚地知道誰在說謊，誰又是兇手，卻很難破得了案。

因為藍斯拿不出證據。

不過對某些人來說，能夠確認是誰幹的就夠了。

他拿出口袋中的紙條向櫃檯的女服務員詢問，女服務員撥了電話確認身分之後，請了個客房小弟帶他上樓。

天哪，這可是我這輩子搭過豪華的電梯了。走進電梯之後他忍不住感嘆。

電梯將他送上四十七層，已經接近這棟摩天大廈的頂端，服務員將他帶到門口，彎身鞠躬後就離開了。

他按下了門旁的通話鈕後等了一會，大約十秒鐘後，門喀嚓一聲解開了電子鎖。他推開房門，房間內昏黑一片，微弱的燭光點在房間的角落，腳下的地毯踏起來像是站在草皮上般異樣地柔軟，一個矮小的中年男子在黑暗中向他微微欠身。

「你就是委託人？」藍斯提高戒心，看這眼前這個男人。

「藍斯·杜因先生，」微弱的燭焰在那個男人眼中搖晃，「請容我自我介紹，我是管家清川讓，是由在下與您聯絡。」清川的英文口音很重，一時之間讓他有點會不過意，不過的確是電話中的嗓音。

藍斯接到電話的時候正蹺著腳坐在椅子上喝著啤酒，看著幾百公里外的大聯盟球賽，電話響起的時候正是比賽的關鍵時刻，他還猶豫著要不要接電話呢。

那個矮小的東方男子走到他身後關上了門，遮斷了走廊的光線，一瞬間藍斯的視線中只剩下了蠟燭的微光，黑暗吞沒了一切，他花了一段時間適應黑暗。清川領著他到一張沙發前坐下。房間的落地窗全拉上了窗簾，清川將所有窗簾拉開，外頭的烏雲閃電鳴響，雨滴啪嗒啪嗒地打在玻璃上，閃電正徒勞無功地撕裂黑雲。

房間的末端是一張碩大的床，女孩穿著單薄的浴袍，烏黑的頭髮順著浴袍洩下，在慘白的床單上散開。她看起來年紀很小，大約是十二歲左右吧，東方女孩的年紀似乎都比外表看起來大一些，或許眼前的女孩已經十四、五歲了。她的肌膚在閃電下的強光下像是瓷器般白皙，纖細的大腿被她折在身下，用奇妙的姿勢跪坐著。

這女孩真不錯，他有點興奮起來。女孩以對他而言極為媚惑的姿態坐在床上，藍斯必須盡量壓抑住自己的衝動，如果沒有那個老頭在，他可能已經撲上床去。

藍斯承認自己的確是個不折不扣的戀童癖，不過現在他可不能那麼衝動。

清川走到他的身後直挺挺地站立著，視線銳利地刺在藍斯的頸後，讓他感覺很不自在。

「藍斯·杜因先生。」女孩語氣恭順地說：「我叫入來院撫子，我才是你的委託人。」女孩連聲音都很好聽，想必在床上聽起來應該更銷魂。

「很抱歉必須在這麼暗的地方跟您商談，我習慣待在自己的地方。」

「我無所謂，反正出錢的是老大。」

清川遞來一幀相片，上面是一個白人女子，穿著低胸的短洋裝，將那對碩大的乳房嶄露無疑。

「照片上的人叫做茱妮卡·雪菲爾，我想僱用你尋找這個女人。」

清川又遞來一張支票，上面的金額令人咋舌，他這輩子還沒見過掛著這麼多零的支票，看來這個女娃的來頭還不小。

「你姓入來院……」藍斯打量著眼前這個女孩。「難不成是入來院財團？」

「是的。」

這支票上頭金額已經不容許他推辭了，幹完這一件，他可以好好地悠哉好幾年，這種機會他可不想就這樣從眼前溜走。

不過入來院財團可是日本最大的財團之一，為什麼要特地來僱用他這種名不見經傳的小偵探？

「我們試過各種手段，不過就是追蹤不到雪菲爾小姐的去向。」清川看出藍斯的疑惑，向他解釋道。

「所以我需要你的幫忙，需要你的能力。」

藍斯心中一凜，冷冷地瞪視入來院撫子。

「你知道多少？」

「我對你所知不多，但是我知道你也是能夠驅使影子的人。」

「是嗎？不過我可不想跟你們這些人打交道。」藍斯將照片連同支票輕輕丟到桌上，正準備起身離開。一把脇差[1]架住他的脖子，刀刃的反光照在他的眼睛上，讓他不得不瞇細眼睛，清川按住他的肩膀將他壓回椅子上。

藍斯輕蔑地斜眼看著清川讓。這個不知好歹的老頭！猛烈的拳擊打向清川，清川雖然及時反應過來，卻還是被接連揮來的拳頭給擊飛撞向玻璃窗。

藍斯的影子停止攻擊，他的影子相當巨大，高度超過兩百公分，虯結突起的肌肉隱藏在大衣之下，臉像是惡鬼般兇煞。清川看來並沒有被完全擊中，他快速地站起來，將手中的短刀對著藍斯的影子，擺出武者的姿態。

「那就是你的影子嗎？」入來院撫子臉上完全沒有懼色，語氣還是一樣冷靜。

「是啊，沒錯。」既然你們這麼不客氣，我看我就在這裡直接上了妳，看妳那張可愛的小臉蛋可以撐到什麼時候。藍斯鬆開領帶，解開袖釦，準備好好教訓清川讓。

1 脇差（也稱脇指）。刃長約30公分至60公分。日本武士平時與太刀或打刀配對帶於腰間，屬備用武器。

黑色的鎖鏈從黑暗中竄出，牢固地纏住藍斯的巨影，影子開始奮力掙扎，但是纏上的鎖鏈開始變得越來越粗，瞬間就讓影子動彈不得。

清川讓趁機扭住藍斯的手臂將他制服。

他的手腕被扭向身後，清川將藍斯按倒，腳踩住藍斯的背。

「幹他媽的……」藍斯的手臂被扭得痛極了，只要輕輕一動痛楚就像觸電般直灌腦中，連影子的力量也完全使不出來。他感覺手臂幾乎快被這個其貌不揚的老頭給折斷了。

「你比我想像的要衝動得多，藍斯．杜因先生。」入來院的聲音從床上傳來，藍斯完全沒辦法看見她的身影。

撫子走下床，緩緩地接近藍斯，在藍斯的面前蹲下來。「我可以讓在一定範圍中的影子能力完全無效化。所以我習慣在我的地方講話。」

「妳到底想幹嘛？」藍斯瞪著她那纖細的腳踝，忿忿問道。

「如你所見，我的能力只能夠封鎖住其他影子使者的能力，如果遇到必須戰鬥的情況我就需要其他人的支援。」原來如此，難怪這小女娃會如此冷靜，而且清川似乎也不是普通的管家而已，看來是小看了他們。

「我不只想僱用你尋人，還想僱用你當我的保鏢。」撫子說的話讓他忍不住笑了出來。

「那可要讓妳失望了，我不太習慣聽小女孩的吩咐辦事。」清川更用力地踩著他的背，讓他簡直要透不過氣來，胸骨像是要碎裂般吱軋響，藍斯只能咬牙切齒地趴在地上。

女孩將她的腳掌輕輕地貼在藍斯的臉上，冰涼柔滑的觸感刺激著藍斯，她的腳趾搓揉著藍斯的臉，挑逗般地撫弄，少女身體的香氣從腳底飄向他，藍斯感到下體一陣火熱，羞辱感和興奮感同時湧上他的心頭。

他不禁感到有些悲哀。

撫子的腳離開藍斯的臉，同時要清川放開藍斯，清川猶豫了一下才移開他的腳並鬆開手，藍斯移動身體坐起來，他全身都使不上力，方才被扭住的右手好像不是自己的，變得不聽使喚。

肌肉和骨頭都像是緊繃的橡皮一樣，胸口依然痛得要命。

鎖鍊束縛住的影子可是世界上最強的摔角手啊。雖然是複製品，但是力量可是比本人還要強，連他都不能掙脫的話也沒有反抗的必要了。

每呼吸一次他的胸口就隱隱作痛，藍斯靠著沙發，少女腳掌的觸感還遺留著，他的臉已經脹得通紅，能夠清楚地感覺到血液在他的臉皮底下砰砰跳動。

「說吧，藍斯先生，把你能力的祕密全都鉅細靡遺地說出來。」少女用命令的口吻對他下令。

藍斯嚥下一口口水，從這麼近的距離看，他才發現這女孩的美貌。

那眼瞳像是會奪魂勾魄般的深邃，小巧而挺立的鼻子配上鮮紅欲滴的嬌嫩嘴唇，雪白的皓齒若隱若現，耳朵隱藏在絲絹般的烏黑長髮之下。年輕的臉龐上沒有任何缺陷，臉上的寒毛像是初生的嬰兒，如銀色的草原般在臉的周圍化成一圈完美的光暈，梨頰上帶著少女特有的潮紅。

他簡直看呆了，忍不住又吞了一次口水。

閃電在窗外降下，將女孩的面容打得慘白。

雷鳴聲癱瘓了藍斯的聽覺，少女的唇不知道正說些什麼，那一瞬間，他的耳中只剩下嗡嗡的殘響。

「……大概猜出你的能力，但是你的影子型態令我很驚訝，我沒料到你是能夠具現出人形的影子使者。」

「是嗎。」他讓他的影子不再繼續掙扎，反正一點用也沒有。

藍斯從口袋裡掏出菸盒，將一根萬寶路放入口中，「介意我抽根香菸嗎？」他問歸問，卻自顧自地用打火機點燃口中的香菸。他將煙霧吸入肺中，再緩緩吐出。

撫子皺了皺眉，卻沒多說什麼。

「我可以藉由觸摸特定人物的私人物品，得知他在使用該物品時的思想和部分記憶。」藍斯往空中吐了個煙圈，他對吐煙圈的技術相當有自信。「妳有那個女人的相關物品嗎？越是私人性質的越好，像是衣服、飾品或是內衣之類的。最好是失蹤的時間點所使用過的物品，如果運氣夠好，應該立刻就能找到了。」

清川讓從他們的行李內拿出了幾樣東西。一條看起來相當老舊的髮圈、已經打開過的香水和幾件略嫌單薄的衣物，看來穿著裸露是這個女人的習慣。

「這些是她失蹤前留在房間裡的東西。」

藍斯拿起那些衣服，仔細地撫摸，卻只感應到一些混亂的記憶畫面，根據他的經驗，這些衣服應該只是睡衣。

項鍊上沒有任何那個女人的情報。

只剩下那瓶紫色的香水了，他握住瓶身，裡面的香水只用掉了一點點。

他讀到了雪菲爾的思緒。

「東方，島國。她似乎考慮著要到亞洲的某個小島上去找某個人。」

「某個人？」

「似乎連她自己也不知道要找誰，或者是說她沒有在這個東西上留下太多訊息。」

「島國，知道是哪個國家嗎？」

藍斯兩手一攤。

「無所謂，知道這些線索的話，找起人來就方便多了。接下來我們來談談關於你的事情。」

「關於我？」

「我很喜歡你，尤其是你的能力。如你所見，我的能力雖然可以壓制其他人的影子，但是就戰鬥上卻是一點力量也沒有，你願意為我工作嗎？」

「這件事我剛剛就已經回答過了吧。」

「那麼，」撫子撕掉桌上那張支票，從清川讓手中接過新的支票，重新寫了一張給他。「這個金額你覺得如何？」

「我說過了，這不是錢的問題……」藍斯看見上面的數字後，啞口無言。「這個女人，真的值得妳花這麼多錢？」

「沒錯。」

藍斯將支票收進西裝的內側口袋。

「我想我有權利知道我雇用的人有什麼樣的能力。」撫子淡淡地說道。

「既然如此，妳先將我的影子解開吧。」

撫子收起那些黑色的影子鎖鏈，藍斯的巨大影子重新獲得了自由。

影子從高大的男人，漸漸縮小，轉變成一個女孩子體型，然後緩緩地變化，撫子的美麗臉蛋在影子上浮現。

「他可以拷貝別人的身體，單只是看過一眼我就可以拷貝個五成左右。如果需要更完全的拷貝，例如痣的數量、或是衣服下的部分細節等，就要透過其他手段。」

「哪些手段？」撫子觀察著拷貝出來的自己。

「嗯……例如、例如身體的接觸，像是握手或擁抱，妳剛剛用腳踩著我的臉也算，我現在大約可以拷貝出妳的身體的八成。若是要更進一步確認身體的資訊，像是年齡、身體狀態，甚至是記憶，就要透過……」藍斯猶豫了一下，然後點燃另一根香菸。

「接吻、或是性交。」藍斯把體液交換這句話吞了下來，換成比較露骨的字眼，他想瞧瞧撫子的表情。

撫子輕鬆地哼了一聲。

其實他獲得那摔角手的身體資訊，是在某場比賽中得到了他的血液。總不可能跟摔角手做愛吧。

基於他的個人興趣，藍斯還複製了不少女孩子的身體。

但是在工作上，還是一般的感應能力比較有用。

「你一次可以拷貝出幾個人？」

「看情況，如果只是單純的人偶，我想可以拷貝出四到五個，但是如果要連其記憶和人格一起完全呈現，頂多一個人。」

「原來如此。」撫子伸出她那嬌柔纖細的小手，「這樣，我們的合作關係就成立了。」

藍斯帶著猶疑，小心翼翼地握住那一不小心就會捏碎似的、蒼白而光滑的手。

女孩很滿意地笑了。

——To be continued

附錄　茉妮卡的下午茶專訪

墨筆烏司（以下簡稱墨）：「大家好大家晚安，歡迎收聽今晚臨時加開的特別節目。因為編輯臨時打電話跟我說：『喂喂你斷行斷太少根本湊不齊頁數請在春假期間想辦法生出短篇給我』，於是根本不想思考短篇題材的我在內心動盪不安的情況下決定進行最老哏的人物專訪來矇混過關。今晚請到的來賓是來自英國的影子使者茱妮卡．雪菲爾小姐。茱妮卡小姐安安～～」

茱妮卡．雪菲爾（以下簡稱茱）：「各位聽眾晚安～」（鞠躬）

墨：「茱妮卡小姐，在電台節目上做殺必死聽眾是看不見的喔～能看見的只有我而已，嘻嘻。」

茱：「哎呀——真是失策。對了話說回來，我們的名字縮寫唸起來完全一樣呢。」

墨：「說的沒錯，想怎樣就怎樣就是身為作者的特權。我絕對不是為了在附錄中可以和茱妮卡小姐用讀音相同的簡稱才刻意取這種筆名的。」

茱：「不過談到您的筆名，實在是很奇怪又很難記的名字呢。」

墨：「是取自數學模型莫比烏斯之環的諧音，很矯情吧。」

茱：「其實我不是很明白矯情的意思，但從字面上判斷應該是相當矯情沒錯。」

墨：「好了言歸正傳，今天不是作者專訪而是針對茉妮卡小姐的訪問，首先就讓茉妮卡小姐稍微自我介紹一下吧。」

茉：「我叫茉妮卡．雪菲爾，今年十九歲。」

墨：「！」

茉：「為什麼您看起來一副很驚訝的樣子呢？」

墨：「因為你本人看起來一點都不像是十九歲的樣子。」

茉：「咦，是這樣嗎？」

墨：「依照作者淺薄的常識判斷，高加索人種的外表看起來通常都會比實際年齡老上不少才對，可是不管從什麼角度來看，茉妮卡小姐完全還是蘿莉少女的樣子呢。除了身材以外，呵呵。」

茉：「我也不知道為什麼耶。請不要一直盯著淑女的胸部看好嗎？」

墨：「真是抱歉，因為我在現實生活中實在少有盯著女孩子胸部瞧的經驗。」

茉：「就算是二次元的世界也不要做這種事啦！」

墨：「為什麼又在討論我了啦！不要阻礙男人的夢想啦！」

茉：「看來您的現實生活確實是過得相當鬱悶。」

墨：「等等，先讓我去廁所喝杯水。」

茉：「為什麼要去廁所喝水啊？您要說的是洗把臉吧？」

墨：「好的，茉妮卡小姐你在本作中經常喝紅茶，請問喝紅茶是你平常的興趣嗎？」

茉：「其實我的興趣是打電動，喝紅茶是我的人生事業。說到這點，我對作者在紅茶方面知識上的缺乏非常不滿。我認為作者應該作足功課才來寫小說。」

墨：「我做了很多功課耶，連維基百科上的紅茶條目都背得滾瓜爛熟的地步。」

茉：「我現在知道為什麼這部作品內的某些場景寫得如此差勁了。」

墨：「咳咳咳！」

茉：「您肯定連真正的喫茶館都沒去過就寫出像月樓這樣的店了對吧！竟然還讓我穿上女僕裝，您的思考方向到底是在哪邊出現了偏差呢？」

墨：「原來你是在說這個。」

茉：「不然您以為我在說哪個？」

墨：「咳咳咳！」

茉：「為了讓作者體驗紅茶的美好，我今天特別準備了真正的下午茶帶到節目上來。」
墨：「噢噢，這就是所謂的英式下午茶嗎？」
茉：「沒錯，讓您體會一下自維多利亞時代傳承下來的下午茶文化。」
墨：「真是太感動了，對於平常只能喝喝麥香紅茶頂多再配上OREO的我來說簡直是天國。除了痛哭流涕感激涕零之外沒有其他字眼可以形容了！」
茉：「來，給您面紙。」
墨：「吼呦～不要遞面紙給我啦！我不需要二次元的面紙啦嗚嗚嗚。」
茉：「那……那……」
墨：「我也不需要立體茶包啦！」
茉：「真是難伺候，這是不是就叫奧客？」

墨：「總之我已經體會到下午茶的美好了，雖然現在是晚上。噢噢，這個茶好喝耶，是什麼茶呀。」
茉：「是伯爵茶唷。」

墨：「為什麼要叫伯爵茶呢？其中有什麼典故嗎？」

茉：「伯爵茶是以十九世紀初英國首相格雷二世伯爵為命名的。唐寧商店是格雷伯爵茶的實際創製者。據說格雷伯爵茶源於清朝一位福建華人對格雷伯爵的贈禮。當時格雷伯爵收到的禮品茶飲料非常受歡迎，當茶被用完時，格雷伯爵要求茶商唐寧仿製這種調味茶並供應他的首相官邸。然而很多伯爵的訪客非常喜歡這款茶，伯爵就會告訴他們在唐寧購買格雷伯爵訂製的茶，後來這款調味茶就以 Earl Grey Tea 為名了。」（棒讀）

墨：「…………」

茉：「請問您對於維基百科的解釋有什麼意見嗎？」

墨：「對不起我不該這麼做，請各位聽眾原諒我知識淺薄不作功課又愛賣弄。」

茉：「又混了不少字數，實在有夠混的。」

墨：「這已經不是登報道歉就能解決的了。」

茉：「說得沒錯，所以您就切腹謝罪吧。我可以幫您介錯！☆」

墨：「為什麼自殺謝罪要用日式手法啦！你不是英國人嗎！」

茉：「說到自殺，您讀過尼克宏比所寫的《向下跳》嗎？」

墨：「沒讀過啦，自殺俱樂部這部電影倒是看過。日本人真是變態，竟然能夠拍出如此有病的電影。請受小人一拜。」

茉：「哎呀哎呀，真是可惜，那是本十分有趣的英式幽默作品，有機會的話希望您可以讀一讀。」

墨：「好的，我會去圖書館借來看的。我們就別再繼續聊這個嚴肅的話題了。我手邊有幾封聽眾寄來的信件，其中也有對茉妮卡小姐提出的問題，方便的話可以請你回答嗎？」

茉：「沒～問題☆」

墨：「第一封是……喔喔，劈頭就在挑戰作者我。」

茉：「是什麼樣的問題呢？」

墨：「『為什麼茉妮卡明明是英國人中文卻講得這麼好呢？』提出這種問題的聽眾肯定是在刻意挑釁。」

茉：「哎呀別這麼說嘛。人家只是在中學時期選修了中文嘛。」

墨：「好的，不知道這個答案聽眾是否滿意呢？接下來是下一封，『作者在茉妮卡出場的時候花了不少篇幅來描寫她的 Nicebody，請問可以告訴我她的三圍嗎？』其實這個問題的答案我也很想知道，請務必如實回答！哈啊哈啊～」

茉：「Decline！請不要讓淑女回答這種色瞇瞇的問題好嗎？」

墨：「是的！我在這裡必須義正嚴詞地強調，提出這種色瞇瞇的問題的聽眾未免也太不害臊了！」

茉：「不要把錯全部推到聽眾身上啦！我看想出這種問題的人根本就是你吧！閱讀這部作品的都是身心健全的好孩子，請不要汙染他們純潔的心靈。」

墨：「（無視）好的，接下來是今晚的最後一個問題，『請問什麼時候才能看見茉妮卡小姐的廬山真面目呢？我真的好期待唷。』老實說我也很期待。」

茉：「真過分，明明本人就在眼前。」

墨：「被茉妮卡小姐巧妙地迴避掉了呢，呵呵呵。」

茉：「聽說下一集是由我擔綱封面女郎，是真的嗎？」

墨：「哦哦，想不到身為後宮成員之一的茉妮卡竟然會在第三集封面出場嗎？」

茉：「拍得很上相呢。」

墨：「好的，那麼今晚的臨時節目就到這邊告一段落，非常感謝願意抽空上節目的茉妮卡．雪菲爾小姐帶來她精心準備的茶點和火辣身材來撫慰我乾涸枯竭的心靈，各位聽眾我們下次再見囉。」

茉：「大家再見囉～☆」

墨：「不要收這麼快啦！我司康餅還沒吃夠耶！」（嚼嚼）

編輯：「退稿。」（嚼嚼）

——完

後記

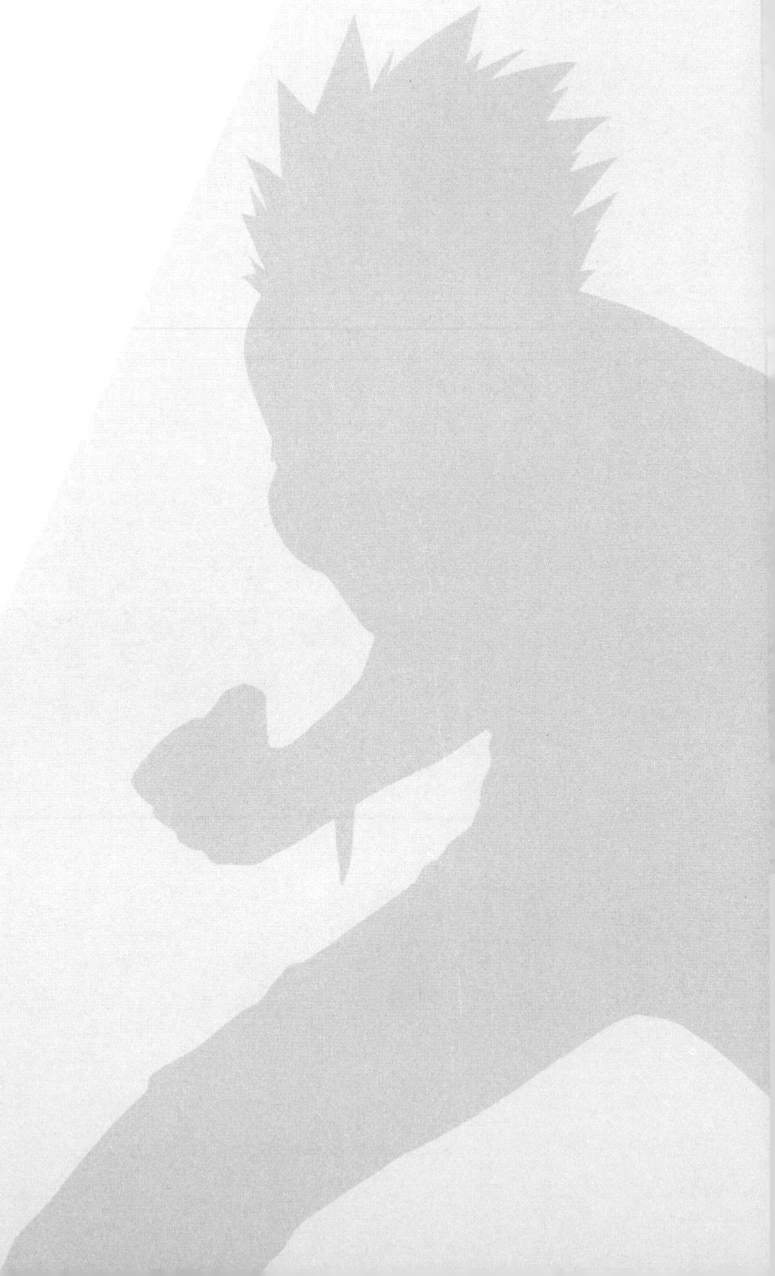

大家好，很高興能夠讓你們再次讀到這篇後記。不論是第一集就買來看的讀者或是後來閱讀的讀者們，你們好，我是墨筆烏司。

上次的後記講了很多廢話讓我感到相當愧疚，於是這次就想說來講講其他東西吧，但一時之間我也想不出到底要聊些什麼，就讓我再廢話一集好了。↑全是廢話。為了寫出這篇後記我特地查了維基百科上關於後記的條目，才知道原來後記是對於本文的寫作過程或評論，原本一直以為後記都是寫些廢話的我感到更加羞愧，所以下定決心必須好好寫出一篇後記的我坐到電腦前開始敲鍵盤。話又說回來，後記的寫法其實每個作者似乎都不同，有完全不寫後記的作者，也有把後記寫得比本文還要有趣的作者，有把後記寫得無聊透頂的作者，也有像我這樣通篇廢話的作者。小說本來就是謊言堆砌出的文字構成，所以在後記瞎掰應該也不算太過分吧？寫些廢話出來應該也無所謂才對。從現在起我就要開始說廢話了，還請大家多多包涵。

廢話的定義大致上就是毫無意義的話語，例如說隨意用文字拼湊出來沒有邏輯條理，或是前後產生矛盾、對於事實一再地進行陳述。在廁所看到別人的時候開口問說你是來上廁所喔？在餐廳開口問說你是來吃飯喔？諸如此類令人感到厭煩的東西就是廢話。即使如此令人感到厭煩，在人生過程中我們還是不得不學習說出很多廢話。人是與時俱進隨波逐流的生物，有時候不得不說出很多廢話來掩飾自己的無知或是用廢話來矇騙他人，實在是非常要不得的行為。因此我認為必須將廢話太多的人處以死刑來緩解這個世界充斥的過多廢話，雖然有點極端不過為了世人的安寧我認為這是必須的。廢人說出的話即是廢話，所以讓廢人消失也是理所當然的事情。消失吧！廢話！↑去死吧。

言歸正傳，為了不被追殺我還是稍微講講關於《影子戰爭》第二集的事情。大家應該可以看得出來第二集是第一集的延續。↑又是廢話，不過我要說的並不是這個意思。基本上第二集和第一集是共同的事件，是在同一個時間點寫完的故事，本人絕對沒有為了拆成兩集出版而拚命湊出字數。雖然大魔王暫時被擊退了但是後面還有許多敵人在等待著主角們，天底下沒有天天在告白這麼爽的事情啦！你給我等著瞧！在路人女主角被畫出來之前我是不會讓你繼續稱心如意的！

以上。感謝擔任繪師的阿特把兩人組的表情畫得如此活靈活現，感謝編輯阡陌給的許多幫助和建議，同時也謝謝大家看到這裡。我們下次再見。

墨筆烏司

高寶書版集團
gobooks.com.tw

輕世代 FW027
影子戰爭02

作　　者　墨筆烏司
繪　　者　阿特
編　　輯　張心怡
美術編輯　陸聖欣
校　　對　王藝婷、許佳文、賴思妤
排　　版　彭立瑋
出　　版　英屬維京群島商高寶國際有限公司台灣分公司
　　　　　Global Group Holdings, Ltd.
地　　址　台北市內湖區洲子街88號3樓
網　　址　gobooks.com.tw
電　　話　(02) 27992788
電　　郵　readers@gobooks.com.tw（讀者服務部）
　　　　　pr@gobooks.com.tw（公關諮詢部）
傳　　真　出版部　(02) 27990909　行銷部 (02) 27993088
郵政劃撥　19394552
戶　　名　英屬維京群島商高寶國際有限公司台灣分公司
發　　行　希代多媒體書版股份有限公司/Printed in Taiwan
初版日期　2013年4月

國家圖書館出版品預行編目(CIP)資料

影子戰爭 / 墨筆烏司著. -- 初版.
-- 臺北市 : 高寶國際, 2013.04-
冊；　公分. -- (輕世代 ; FW027)

ISBN 978-986-185-846-3(第2冊 : 平裝)

857.7　　　　102000132

三日月